洛神賦解讀

戴燕 著

商務印書館

序言

二十世紀與現代戲並行的《洛神賦》研究史

一

　　1923 年冬天，在北京的開明戲院，因為演出《天女散花》
《霸王別姬》《西施》等古裝新戲而風靡一時的梅蘭芳，又排演
了一部《洛神》，他是旦角演洛神，姜妙香是小生演曹植。

　　戲是從曹植下榻洛川驛館開始。這一天夜裏，曹植撫摸
着甄后的遺物——一隻玉縷金帶枕，睹物傷心，沉沉睡去，
夢見有仙女前來，約他明日川上相會。第二天，他如約來到
洛川，見到昨夜的夢中人，上前問道："是不是甄后變成了仙
人？"仙女並不回答，只是讓他跟着走。於是，他看見仙女
走下山石，入水分波，身邊有漢濱遊女、湘水神妃等一眾姊
妹。仙女這時才告訴他："昔日兩相愛慕，卻未交一言，如今
仙凡路殊，言盡於此，後會無期。"仙女在與他相互贈送了
耳珠玉佩之後，便消失在煙雲四閤中。戲台上，留下寂寂空
山以及河畔曹植的孤單背影[1]。

　　迎合當時的風氣，這部戲在歌舞編排和舞台、服裝設計
上用了很多心思，尤其最後一場，繡幕拉開，是洛神和眾仙
女載歌載舞，有的在山上，有的在水裏，窮美極麗，據說只
是為了這場戲，戲院在佈景、道具上就下了重金。由此，在

北京首演的那一晚，戲票早早售罄，還不僅戲院裏面擠得水泄不通，戲院外頭也是車馬擁塞[2]。在北京演了幾天之後，又馬不停蹄趕到上海，讓南方戲迷也一飽眼福[3]。

轉眼過了新年，1924年春天，比梅蘭芳《洛神》更加引人矚目的，是由梁啓超負責接待的印度詩人泰戈爾訪華[4]。有雜誌在半年前就出版了"太戈爾"專刊為之宣傳[5]，所以當泰戈爾從上海登陸，一路向北，沿途都被安排了會見、講演，到了北京，更是忙得不可開交，包括見縫插針地同莊士敦去見清廢帝溥儀，而終於在梁啓超、胡適他們為他辦過隆重的64歲生日慶典後病倒，取消一切演講、宴會、應酬，急赴小湯山休養[6]。但就是在這種情況下，泰戈爾提出來，他一定要去戲院看一場梅蘭芳演的《洛神》。看過戲後，又還認真地向梅蘭芳建議説，應該把舞台上的仙島佈景做得更像是神話裏的仙島。他特為梅蘭芳寫了一首詩：

> 汝障面兮予所歎，障以余所未解之語言。若峰巒兮望如雲，蔽於水霧之濛濛。

詩是由他用孟加拉文和英文親手寫在紈扇上，而由林長民譯成了漢語[7]。

正如泰戈爾所說，即使聽不懂戲詞，一般觀眾也能充分欣賞梅蘭芳精湛的演技與《洛神》這部戲高妙的意境，優美的唱腔舞蹈、新穎的服裝以及佈景道具的運用之妙，是《洛神》在當日大獲成功、倍受追捧的原因。戲是古裝戲，可是由於梅蘭芳他們採用了現代的表現、表演方式，就連外國人也都能看得懂，欣然接受，因此，在梅蘭芳 1930 年赴美演出的時候，《洛神》也是他們帶去的劇目之一 [8]。

圖 1　梅蘭芳之洛神

二

　　但是，以適應時代潮流的新的形式、方法演出《洛神》，這只是一個方面，另一方面，自 1923 年初演直到 1961 年梅蘭芳去世，在三十多年的演出過程中，《洛神》的創作者們又總是在強調這部戲是如何根植於傳統，如何忠實復原了傳統的文學和藝術。他們說《洛神》是根據曹植的《洛神賦》編排，劇情完全來自《洛神賦》，甚至於賦的文字之美，包括其中冷僻拗澀的用字，都被原封不動地呈現在舞台。同時，這部戲的服裝道具也都有出處，都是依據古人所畫《洛神賦圖》製造，每一件都有古意。梅蘭芳早年曾對記者說，他是在有一次看到《洛神賦圖》時，被這幅畫的"筆勢高雅，精彩飛動"打動，才有志於演出洛神的。到他們着手編劇的時候，圍繞着洛神這個形象，又查閱了很多歷史資料，例如《三國志》《文選》等，並且了解到對於曹植的《洛神賦》，歷來有不同解釋，有人說它是表達了對甄后的思念，也有人說它是在向魏文帝表示衷心，而經過慎重考慮，他們認為如果在《洛神》戲中，採用前一個說法即"感甄"說，"未免污瀆古人"，可是要採用後一個說法即"忠君"說，從編劇的角度，又"泛濫無從着手"，於是，他們便確定了"以歷史為經，以神話為緯"的原則 ⁹。

所謂"以歷史為經"，在這裏指的是，仍然將《洛神》戲的時代放在漢末三國，而洛神這個角色，也是以當時的一個真實人物甄后作原型。但這不免有"污瀆古人"的嫌疑，那麼為了補救，便要讓整部戲的風格看起來像是神話，這就是"以神話為緯"的意思。《洛神》的編劇齊如山從前也説過，他本來就是要寫一個"言情"戲的，只因為取材於曹植《洛神賦》，這個戲便有一種半虛半實的性質，所以他在梅蘭芳排戲的時候，就經常提醒他演到洛神與曹植夢中相晤，一定不能做得過火，近於人而不似仙，但也不能太淡雅，讓觀眾摸不着頭腦，而在他看來，梅蘭芳的演技之妙，就妙在這一點分寸拿捏得特別好 ¹⁰。梅蘭芳自己到了晚年，作為經驗之談，也談到過他在演出《洛神》時，為了要用身段和表情去體現《洛神賦》中的"申禮防以自持"這麼一句話，也是想盡了方法，因為這句話證明了洛神與曹植的相愛，可他們的感情卻是純潔高尚的 ¹¹。

梅蘭芳《洛神》戲的成功，因此，一方面是由於它通俗化的劇情、現代化的舞台設計及表演方式，為社會大眾乃至外國觀眾所喜愛，但另一方面，也在於它奠基於歷史與古典文學，受到有一定傳統文化修養的小眾精英肯定，兼有創新和保存傳統之長，是新潮和舊典的巧妙結合。用後來做過梅蘭芳秘書的許姬傳的一個比喻，就是當觀眾欣賞《洛神》戲時，他們"彷彿是在讀一篇抒情的賦，又像在看一幅立體而又有聲音的名畫"[12]。

三

　　而隨着《洛神》戲的紅遍大江南北，曹植的《洛神賦》也再次進入現代讀者的視野。

　　看過梅蘭芳戲的觀眾，在當年，就有像"同光派"的老詩人樊增祥，模仿曹植的《洛神賦並序》，發表了一篇《演洛神賦並序》[13]，又有像大名鼎鼎的實業家張謇，也發表了《後洛神賦》及《附考》[14]。值得一提的是，在幾年前，早就有北京大學的黃侃寫下《洛神賦辨》及《洛神賦跋》，批評某些"好事者"為了增加談資以"助遊談"，專門編造出曹丕、曹植與甄后戀愛的事來，並由此將《洛神賦》的寫作當成是曹植"感甄"，在他看來，這是對古人極不尊重，曹植"進不為思文帝，退亦不因甄后發"，只不過是藉此"託恨遣懷"[15]。但是，像黃侃這種學術性的文章，即便也是刊登在現代報刊，影響卻極為有限，完全不可能與此後梅蘭芳戲的號召力相匹敵。在被作為"言情"戲來演的《洛神》鋪天蓋地的影響之下，戲中洛神與曹植的感情，儘管已經被梅蘭芳演繹得極為含蓄，可是，由於戲畢竟是根據曹植的《洛神賦》改編，很容易也就被當成是對《洛神賦》的一種現代詮釋。普通觀眾在看過《洛神》戲後，再來讀《洛神賦》，總是難以擺脫從《洛神》戲中得到的先入為主印象，仍然視《洛神賦》為"感甄"的作品。

　　無可奈何的學者們自然不肯隨波逐流，更不願意放棄學術話語權，而任憑《洛神賦》這一文學經典，只因為梅蘭芳《洛神》戲的風靡一時，就變成社會上的八卦談資。因此，隨着《洛神》戲的聲勢一再高漲，也就不斷地有人發表學術文章，就《洛神賦》進行討論，論述的重點往往也就在分析它的寓意，究竟是"感甄"還是"思君"。

　　20世紀關於《洛神賦》的這一段學術史，實在是與現代戲劇藝術的發展並行交錯的歷史。如果沒有《洛神賦》，當然不會有《洛神》戲，可是，如果沒有梅蘭芳精彩表演的《洛神》戲，吸引無數觀眾，也很難想像在現代學界，還會有那麼多人去熱心探討三世紀曹植的這篇賦，為它發表那麼多文章，可以說層出不窮。在學術界的各種論著中，最值得注意的，應該是1933年沈達材出版的《曹植與洛神賦研究》，這是一本薄薄的小冊子，它的結論，與黃侃十幾年前的文章並沒有甚麼不同，不過它是非常有意識地遵循了胡適倡導的"懷疑的精神"，用"疑古"的現代歷史學方法，第一個對《洛神賦》之被解讀為"感甄"的層積堆累的過程，做了耐心的梳理，指出曹植是在建安時代作家紛紛以"神女"為題材創作詩賦的風氣下寫出《洛神賦》的，它既非"感甄"，也非"思君"，只是以"洛神"為題所作平平常常的一個文學練習 [16]。

在沈達材這本書出版前後，從 20 世紀 30 年代到 20 世紀 40 年代，還有像舒遠隆、黃秩同、詹鍈、許世瑛、楊颺、逯欽立、繆鉞等人都發表有相關論文，而這些論文，基本上都是在針對"感甄"說，從各種角度證明曹植不可能與甄后戀愛的，至於寄心魏文帝亦即"思君"說，在他們中的大多數人看來，也並不成立，因為《洛神賦》中的"君王"是作者自稱，不可能指曹丕，說洛神寄心君王，怎麼也轉不到曹丕身上 [17]。

關於《洛神賦》的寓意，究竟是"感甄"還是"思君"，這一爭論，如果再要往前追溯，從明清以來大概就不曾停止。由於事關曹丕、曹植和甄后這一段漢末三國歷史的文獻保留下來的不多，要突破既有的結論相當困難，因此，20 世紀的這一輪新的學術界爭辯，不管是在結論還是在史料發掘、論述角度的開闢方面，都不見得有多少創意，大體還是沿襲着明清時代的論述，唯一不同的，就是參與討論的這一批學人，幾乎都出生於 20 世紀。這一代學人，他們耳聞目睹梅蘭芳演出《洛神》的盛況，對這部新戲的感染力和傳播力有切身體會，作為學者，他們也更清楚地意識到，必須要用學術的方式去同梅蘭芳競爭，才能抵消《洛神》戲被當作《洛神賦》的現代解釋而在社會上產生的影響 [18]。20 世紀的這一代學人，是在梅蘭芳的《洛神》風行一世並且被奉為戲劇經典的時代壓力下，開始進入曹植《洛神賦》的研究的，他們不避重複，接二連三地發表長短不一的論文，與其說是要貢獻自己新的研究成果，不如說是在一種文化焦慮中表態，以突顯自己的學術立場和學者身份。

經過了抗戰，抗戰期間拒絕演出、蓄鬚明志的梅蘭芳重返舞台，而他一旦重新登台，仍然是大受追捧。1948 年，有媒體報道《洛神》戲將要被拍成中國第一部彩色電影 [19]，雖然事未能成，但是到了 1955 年，它還是被選為梅蘭芳代表作之一，出現在銀幕上，直到今天，依然能為觀眾欣賞 [20]。而凡是看過《洛神》的人，也無不被梅蘭芳的表演感動，深深地被帶入洛神與曹植戀愛的情境中，不知不覺便將洛神與甄后合二為一。在吳祖光執導的這部《洛神》電影開頭，有一段文字介紹說：

故事發生在中國魏的黃初三年，文帝曹丕把俘虜來的甄姓女子立為皇后。甄后對皇帝沒有感情，卻和皇帝的弟弟曹子建暗中相愛。甄后和曹子建相愛的事被皇帝發覺後，立將甄后處死，並將曹子建貶往遠方。過了幾年，皇帝對這件事有些追悔，便召曹子建入京，把甄后遺物"玉縷金帶枕"賜給了他。曹子建辭別皇帝轉回他的封地，路過洛川，夜宿館驛，夢見洛川女神來約他明日在川上相會。第二天一早，曹子建來到洛川岸邊，會見了女神。原來甄后死後成神，今日與曹子建相會，悲喜交集。在洛水上，女神翩翩歌舞和曹子建戀戀不捨，但是仙凡路殊，一別之後再也不能重見了。

這一段文字說明，將戲和真實歷史混融，讓熟悉《洛神》戲的觀眾，在看《洛神賦》時，一再落入"感甄"說的窠臼，不管學者們如何論辯、如何糾正，對於廣大觀眾來說，那終歸是隔靴搔癢，學術界的成果終究是在學者的小圈子裏發揮影響。

四

　　因為梅蘭芳演出《洛神》，使現代人對曹植的《洛神賦》也有了連帶的關注，可又恰恰是因為《洛神》，導致人們對《洛神賦》的現代解讀被引向"歧途"。現代藝術與古典文學，相生相克，是這樣相互激發而又相互對抗的關係。應該說在 20 世紀，正是由於《洛神》戲，才讓《洛神賦》也變成了現代藝術的一部分，《洛神》戲對它的利用越多，它的現代知名度就越高，現代價值也越高，由此，它在古典文學中的地位也越高，越有研究價值，刺激着學術界對它進行新的解讀和分析，以方便現代人的進一步運用。這是《洛神賦》在 20 世紀以至於今天的真實狀況。

　　但問題是，過去的古典文學研究界並沒有意識到這一點，很多專業學者往往視古典作品為一種凝固的文本、一個死去的文獻，彷彿是脫離了時空的被壓成一張薄薄紙片的存在，只是等待着後來人去解字說文。然而，歷史上絕大多數的文學，實際都是在不斷地被閱讀、被利用的過程中流傳下來，變成經典的，而在流傳的過程中，正確的理解和錯誤的詮釋，也從來都是兩兩並存，泥沙俱下、魚龍混雜。文學的存在與不朽，不是因為它有純淨的品質，才獲得生機，才被珍視，反而由於文學是眾聲喧譁的，繁複而豐滿、嘈雜而蓬勃、混沌而有生命的力量。

所謂繁複、嘈雜、混沌，又或者是說眾聲喧譁，在這裏指的是：

第一，文學都不是在真空的環境，而是在矛盾、衝突中產生的，它的外部世界就極其複雜，從不單純，不是只有一種顏色、聲音，是影像疊加、聲音嘈雜、狀態混沌的。

第二，文學本身也包含着許多矛盾衝突、橫七豎八的信息，在文學內部，有時候是有清晰的邏輯、明白的宗旨，但也有時候毫無章程、指向不明，有時候還是指桑罵槐、緣木求魚，總體上也是複雜、紛亂、混沌的。

第三，文學並不總是能"他鄉遇故知"，相反，經常是有"無心插柳"或者"對牛彈琴"，是在一種未能預見的情形下，被接受、被繼承，即所謂移花接木、郢書燕説，由此，文學也轉入了一個新系統、新世界，在新系統和新世界得到重生，並且從此融入文學的歷史長河。這樣的文學，絕不是白紙黑字而只要通過一個字一個字的訓詁就能講清楚它意思的文本，文學在根本上是錯綜的、雜交的、混沌的。

《洛神賦》便是這樣的一個文學，對它的研究，因此要改變過去的方式，將它放到"眾聲喧譁"也就是繁複、嘈雜、錯綜、混沌的文學觀念下面。

註釋

1 梅蘭芳《舞台生活四十年（三）》，232—239 頁，中國戲劇出版社 1981 年。

2 參見《開明之 "洛神"》，載《順天時報》1923 年 11 月 20 日；《洛神開演情形》，載《大公報》1923 年 11 月 30 日；《梅蘭芳最近之兩新劇》，載《申報》1923 年 12 月 25 日。

3 參見《介紹真美的神秘 "洛神"》，載《時報圖畫週刊》第一八三號，1924 年 1 月 15 日。

4 胡適《追記泰戈爾》，《胡適手稿》第九集下冊，台北胡適紀念館 1970 年。

5 見《小說月報》第十四卷第九號《太戈爾號（上）》，上海商務印書館 1923 年 9 月 10 日。

6 講學社《泰戈爾先生講演暫停》，載《晨報》1924 年 5 月 13 日。參見徐志摩《泰戈爾》，載《晨報副鐫》1924 年 5 月 19 日。

7 參見《詩聖與名伶：梅蘭芳為泰穀爾演劇》，載《順天時報》1924 年 5 月 17 日；薔薇《泰戈爾與梅蘭芳之握手》，載《新聞報》1924 年 5 月 25 日；梅蘭芳《憶泰戈爾》，載《人民文學》1961 年第 5 期。

8 傅惜華《梅蘭芳在美將演之劇目》，載《北京畫報》1930 年 1 月 25 日。

9 薾坨《洛神劇本偶談》，載《時報》1925 年 1 月 15 日。

10 齊如山《齊如山回憶錄》，119 頁，寶文堂書店 1989 年。

11 梅蘭芳《舞台生活四十年（三）》，232—239 頁。

12 許姬傳等《梅蘭芳舞台藝術》，50 頁，中國戲劇出版社 1961 年。

13 樊樊山《演〈洛神賦〉並序》，載《大公報》1923 年 12 月 4 日。

14 張薔庵《後〈洛神賦〉》，載《申報》1924 年 2 月 18 、20 日。

15 黃侃《〈洛神賦〉辨》，載《民國日報》1916 年 9 月 11 日；《跋〈洛神賦〉》，載《尚志》第二卷第九號，1919 年 12 月。

16 沈達材《曹植與〈洛神賦〉傳説》，上海華通書局 1933 年。

17 參見舒遠隆《宋玉的〈神女賦〉與曹植的〈洛神賦〉》，載《燕大週刊》1932 年 1 月 28 日；黃秩同《〈洛神賦〉是否感甄后而作》，載《廈大校刊》1937 年第一卷；詹鍈《曹植〈洛神賦〉本事考》，載《東方雜誌》第三九卷第十六號（1943 年 10 月）；許世瑛《寫在〈洛神賦〉之後》，載《藝文雜誌》1944 年第二卷第二期；楊騮《“洛神賦”與甄后 —— 文學史上一個小問題》，載《申報》1947 年 6 月 17 日；逯欽立《〈洛神賦〉與〈閒情賦〉》，載《學原》第二卷第八期，1948 年；繆鉞《“文選”賦箋》，載《中國文化研究彙刊》第七卷，1947 年。

18 沈達材《曹植與〈洛神賦〉傳説·自序》，3 頁。

19 參見《梅蘭芳將攝五彩片，〈洛神〉搬上銀幕》，載《玫瑰畫報》1948 年 3 月號。

20 參見中國戲曲研究院根據梅蘭芳演出實況錄音記錄整理《洛神》，音樂出版社 1958 年。

第一章

之豔也御者對曰臣聞河洛之神名
曰宓妃則君王之所見無乃是乎其狀
若何臣願聞之余告之曰其形也翩若
驚鴻婉若游龍榮曜秋菊華茂
春松髣髴兮若輕雲之蔽月飄飖兮
若流風之迴雪遠而望之皎若太陽
升朝霞迫而察之灼若芙蕖出淥波
穠纖得衷脩短合度肩若削成腰

曹植寫《洛神賦》的時間

—— 黃初四年還是黃初三年

黃初三年，余朝京師，還濟洛川。古人有言，斯水之神，名曰宓妃。感宋玉對楚王神女之事，遂作斯賦。其詞曰：

余從京域，言歸東藩，背伊闕，越轘轅，經通谷，陵景山。日既西傾，車殆馬煩。爾乃稅駕乎蘅皋，秣駟乎芝田，容與乎陽林，流眄乎洛川。於是精移神駭，忽焉思散。俯則未察，仰以殊觀。睹一麗人，于巖之畔。乃援御者而告之

一

在閱讀《洛神賦》以前，應該要知道的是這篇賦大體的寫作時間，知道了這個時間，才能了解曹植究竟為何而寫，他要表達的到底是甚麼？儘管自從 20 世紀後半期起，已經有一種質疑"作者的霸權"的文學研究新潮流，在這一潮流下，人們認為"作者已死"[1]，討論"讀者"在作品意義建構過程中的作用，比討論"作者"更重要，至於作者的時代，大概也就不必談了，然而一旦回到文學史中來，如果不去看作家寫作的歷史語境，終歸還只是用功了一半，雖然作品的意義，要到讀者手裏才能夠呈現，可是作品本身並非虛無，它是一個文本，更是歷史的產物。因此，要理解一個文學作品，還要從作家寫作它的時代講起，要了解它產生的時間和空間。

《洛神賦》的作者曹植是漢魏時代的人，有關他生平的記載，現存最早而又比較完整的，是陳壽於西晉時寫的《三國志》。在《三國志‧魏書》中有一篇《陳思王傳》，陳思王就是曹植，他封陳王，死後謐號"思"。在這篇《陳思王傳》中可以看到，他是一個極具才華的人，為人卻簡單直率，當父母老一輩都在的時候，他很討人喜歡，所以有過爭太子的衝動，可實在不是他哥哥曹丕的政治對手，在漢獻帝建安二十五年（220）曹操死後，還是由曹丕穩穩當當接下了漢丞相、魏王的位子。

也就是這一年，曹丕接受了漢獻帝的禪讓，在繁陽（今河南省臨潁縣繁城鎮）登基，成了魏的開國皇帝，年底進入洛陽。洛陽過去是東漢首都，現在也成了魏的首都。轉眼就是黃初二年（221），根據《三國志·魏書·文帝紀》的記載，魏文帝在這一年忙着郊祀天地明堂、校獵閱兵、祠漢光武帝，完成這一套靠天地、祖宗、武力來證明自己具有正統性的儀式。雖然劉備不服氣，罵他"竊居神器"，又在成都稱帝，建立自己的蜀漢政權，但因為有孫權派來使者接受"吳王"的封號，有遼東太守公孫恭願意做魏的車騎將軍，黃初三年（222）二月，更有鄯善、龜茲、于闐等西域使者遠道來表示承認，魏的政權合法性，對外也就確立下來。

接下來黃初三年，魏文帝在家族內部進行了一系列整頓，建立起了新的家庭秩序。三月，封皇子也就是後來的魏明帝曹叡為平原王、曹霖為河東王，同時封他兄弟曹彰等十一人為王，四月，曹植也從鄄城侯提升為鄄城王。九月，宣佈"羣臣不得奏事太后，后族之家不得當輔政之任"，明令禁止他母親卞太后及卞氏家族涉足政務。因為曹叡的生母甄

氏已被賜死，遂立郭氏為皇后。十月，選首陽山（今偃師市
邙嶺鄉）東麓建帝陵。

與孫吳的合作，在這一年年初也進行得相當順利，但孫
權六月在夷陵（今湖北省宜昌）對劉備打了個大勝仗，到十
月，他對魏也突然翻臉。於是，魏文帝率兵南征，從許昌出
發，進駐宛（今河南省南陽市）。這時有一個小插曲，和曹植
有關。魏文帝剛剛到宛，發現市集冷清，非常不高興，便將
太守楊俊抓了起來，不由分説殺掉了。而這位楊俊，正是曹
植的密友，因此當時就有人説，魏文帝殺他，是早就看他不
順眼[2]。

黃初四年（223）三月，眼見孫權臨江拒守，對他無可奈
何，魏文帝也就返回洛陽。四月，劉備死在白帝城（今重慶
奉節），五月，他兒子劉禪繼位。這時，魏文帝也打算求穩
定，他在三月的詔令中已經講過要停止戰爭，"蓄養士民，咸
使安息"[3]，此時更下令徵集人才，包括持不同政見、不願合作
的"天下儁德茂才、獨行君子"，以期得到最廣泛的支持。但
是，天有不測風雲，到了六月夏天，洛陽以及周邊地區遭遇
洪災，"大雨，伊洛溢流，殺人民，壞廬宅"，也就在這時，"任
城王曹彰薨於京都"[4]。

二

　　《三國志》記載曹操有二十幾個兒子，曹丕、曹彰、曹植都是卞太后所生[5]。曹彰在建安二十一年 (216) 就被曹操封了鄢陵 (今河南鄢陵西北) 侯，黃初二年晉升為公，但是三年又轉為任城 (今山東微山縣西北) 王，四年"朝京都，疾薨於邸"[6]，也就是進京朝拜時，突然病死。

　　與曹彰同期到洛陽朝拜的，還有曹植、曹彪。曹彪為孫姬所生，也是在建安二十一年封的壽春 (今安徽壽縣) 侯，黃初二年轉為汝陽 (今河南商水) 公，三年轉為弋陽 (今河南潢川縣) 王，當年再轉為吳王。曹植則是在建安十六年 (211)，即曹丕被任命為五官中郎將、副丞相的同時，就被封了平原 (今山東平原縣) 侯，十九年 (214) 轉為臨淄 (今山東淄博) 侯，黃初二年因觸犯法令遭貶為安鄉侯 (今河北晉州侯城)，隨即改封鄄城 (今山東鄄城) 侯，三年升成鄄城王，四年轉為雍丘 (今河南杞縣) 王，"其年，朝京都"[7]。也就是說曹彰、曹彪、曹植他們幾個人都是從自己的封地到洛陽的。

　　自從曹操做漢丞相、魏公、魏王，還在建安時期，他就以漢獻帝名義冊封自己的兒子，不過那時並沒有形成嚴格的針對諸侯國的制度，等到曹操死後，曹丕為魏王，他馬上就變虛為實，不但要求諸侯各就其位，待在自己的封國，不准擅自離開，不准互相串聯，還對違規的人，比如曹植觸怒監國使者，立刻給以降級的處罰。這是新朝的制度，相當嚴厲。曹植寫過一組歌頌曹魏的《鼙舞歌》，其中有一首《聖皇篇》，"聖皇"指的是魏文帝，他在這首歌中就專門講到這件事情。他說當曹丕稱王后，他們都必須要分赴各封國，這是官方決議，並且十萬火急，沒有商量的餘地："三公奏諸公，不得久淹留。藩位任至重，舊章咸率由。"他自然體諒魏王只能照章辦事，"不得顧恩私"的立場，甚至能想像當他們離去後，魏王以及太后會是多麼地牽掛他們，"主上增顧念，皇母懷苦辛"，而他們每個人也都懷有"思一效筋力，糜軀以報國"的決心，願意承擔相應的責任。這些大道理，他們都懂，可即便懂道理，在離開魏都鄴（今河南省安陽市臨漳縣）的時候，面對的是"貴戚並出送，夾道交輜軿"，而送行的人也都"淚下沾冠纓"，他們自己怎能不悲從中來，一步一回頭，感受骨肉分離的痛楚："扳蓋因內顧，俯仰慕同生。行行日將暮，何時還闕庭。車輪為徘徊，四馬踟躕鳴。路人尚酸鼻，何況骨肉情。"[8]

　　正是在經歷了這樣令人悲傷的分離之後，黃初四年，當他們奉命"朝京都"時，也就格外心潮澎湃。多年前，曹植路過洛陽，寫下過"洛陽何寂寞，宮室盡燒焚"，"不見舊耆老，但睹新少年"的詩句[9]，那是漢末歷盡戰火劫掠的洛陽，現在則是一個全新的讓人滿懷希望的洛陽。因此，他一到京師，就迫不及待地上書、獻詩，一面檢討自己對抗監國使者，"傲我皇使，犯我皇儀"的錯誤，一面向魏文帝表白，他這次"得會京畿"，是怎樣"輪不輟運，鸞無廢聲"，"飢不遑食，望城不過"地趕來，又怎樣"如渴如飢"地等待召見[10]。

在曹植留下的詩文裏，可以看到他的這一心路歷程，但是也有記載表明，他等來的似乎是兜頭一盆冷水。

傳說曹植心中忐忑，先找了清河長公主，想要她代為疏通，可在路上就被魏文帝的人截住，就這樣鬧了起來，一直鬧到卞太后出來說要自殺，他才被准許謁見，卻又像犯人一樣赤足戴枷鎖，還是卞太后看不下去，才叫他換上正裝[11]。

三

這是黃初四年五六月間在洛陽發生的事情，這麼一件被人看成是與魏王朝命運攸關的大事，在《三國志》裏卻語焉不詳。也許是因為在曹魏的歷史中，它確實只涉及家庭事務，並沒有那麼重要，又或是因為傳統史家有"為尊者諱"的習慣，不肯將他們認為不該公之於眾的事情記錄在冊，留給後人。所以，講這一段歷史，無論是通過當時人的記載，還是後來人的轉述，事實上都只能隱隱約約看到一部分真相，比如曹彰的死，這是事實，但是許多傳聞，包括曹植如何覲見魏文帝和卞太后，都是捕風捉影，而非真正的歷史，都不足以說明在這個夏天的洛陽，究竟發生了甚麼。

歷史總是有它幽暗隱晦的地方，不過，能夠確切知道的是在這次"朝京都"之後，曹彪於黃初五年（224）遷壽春（今安徽壽縣壽春鎮），七年（226）轉白馬（今河南滑縣東），太和六年（232）改到楚（治所在今壽春），嘉平三年（251）自殺[12]。曹植則是在黃初六年（225）魏文帝東征路過雍丘時，兩個人又見了一面，而魏文帝第二年便去世。魏明帝登基後，他又被遷到浚儀（今河南開封），太和二年（228）回到雍丘，三年（229）又遷東阿（今山東聊城東阿縣），六年（232）正月再次與諸王奉詔到京都。這次到洛陽，距離上次已過了長達十年，卞太后已在半年前去世。這次在洛陽，是曹彪"犯禁"，引起不愉快。當年二月，曹植便改封陳王，十一月死於陳[13]，而曹彪因為受到指控，一度也被削減了封地戶口。

曹植去世以前，曾向魏明帝抱怨自己是在牢籠般的"人道絕緒，禁錮明時"的處境，指責魏文帝以來的這種諸侯制度，令他們親族、兄弟關係疏遠，日常的禮節、禮貌也都不能遵守："婚媾不通，兄弟乖絕，吉凶之問塞，慶弔之禮廢，恩紀之違，甚於路人，隔閡之異，殊於胡越。"他認為這一制度，遠不如周朝的五等諸侯制，能夠避開"公族疏而異姓親"的風險[14]。這以後過了若干年，齊王曹芳的族祖曹冏在給大將軍曹爽的一份上書中，也提出警告說，魏的宗室子弟都被排除在權力核心之外，經過二十多年，已造成魏帝"外無磐石宗盟之助"的危險局面，形勢岌岌可危[15]。再到陳壽寫《魏書》時，曹魏早已亡於晉司馬氏之手，因此，他對於魏文帝毫不留情地阻止卞太后以及卞家人參與政治，尚能予以正面評價，稱之為"鑒往易軌"，能夠預防重蹈兩漢之亡都與外戚有關的覆轍[16]，但是，他對於魏文帝對待諸侯的刻薄政策，就一點都不原諒，批評他視諸侯為罪犯是最壞最蠢，"禁防壅隔，同於囹圄，為法之弊，一至於此乎"？[17]

這當然是歷史的後見之明，但是從身處歷史之中的曹植在當時提出的異見引申出來的，説明歷史固然大多是勝利者的歷史，而歷史的書寫者卻也有可能從勝利者身上看到他的破綻以及失敗。令魏文帝捉襟見肘的地方就在於，當魏建立之初，他要面對的既是魏、蜀、吳三國間變化莫測的戰局，又是兩漢漫長歷史留下來的政治遺產，而這裏面有兩項最負面的政治遺產，一個就是外戚干政；一個是如吳楚七國之亂那樣的諸侯王叛亂，叛亂的原因則在於中央集權與地方諸侯國的矛盾。魏文帝也有這樣的擔心，因此要到黃初四年，"海內初定"[18]，他認為各個政治力量都已經協調得差不多，這時，他才把曹彰、曹植、曹彪等兄弟召集到洛陽。這原本是家人團聚、親戚和解的機會，不過從各種跡象看，結果好像是讓各方面都不滿意。

就曹植而言，與魏文帝的關係，早已使他"憂心如醒"，曹彰的死，又是一個打擊。曹彰是他們兄弟中最勇敢、最善於打仗的一位，也似乎有意與曹植結成政治同盟，而在曹丕繼承王位後，他是最主動奔赴封國的人，可是因為他為人剛直，照樣沒有人敢對他有一絲不敬[19]。就是這樣的一個曹彰，竟然猝死在洛陽。接下來，還有讓人難堪的事情。當曹植和曹彪一同辭別洛陽返回封國，他們兩人本來都是要向東走，正可結伴而行，但隨行監督他們的人卻逼迫他們分開，各自行路。曹植難忍心中的痛苦和惱怒，"發憤告離而作詩"，於是寫下一組後來被題為《贈白馬王彪》的詩[20]。

　　這時的曹植，不過三十歲剛出頭，卻已經歷了漢魏王朝的迭代，又經歷了親人間的離散，他是一個作詩寫賦的高手，在政治上也有自己的理想抱負，只是對於緊張殘酷的實際政治，還不能駕馭。三年後魏文帝去世，他寫了一篇悼念的誄文，在文中可以看到，他曾經將"受命於天"的新興曹魏，看成是魏文帝與他們兄弟共同的事業，對於建立超出秦漢的功業，不僅有無比的信心，也投入了巨大熱情[21]，是他所謂"願得展功勤，輸力於明君"[22]。但是，這一次洛陽之旅，多少讓他清醒下來，使他知道在魏文帝於洛陽建立的新的政治秩序中，他的地位和權利，並不是如他所想像。

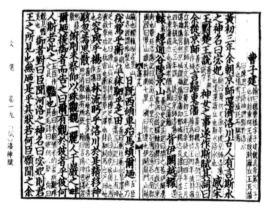

圖 2　《六臣註文選》
　　　書影

四

　　曹植《洛神賦》有一個小序，其中說："黃初三年，余朝京師，還濟洛川"，但是很久以來，學術界都認為是在黃初四年，曹植離開洛陽後，寫下的《洛神賦》，《洛神賦》要表達的，因此正是他在洛陽碰壁後的心情。主張"感甄"說的人認為，曹植是在洛陽聽到甄氏的死訊，為了紀念他這位嫂嫂而寫，而主張"思君"說的人則認為，曹植是要藉洛神向魏文帝表達他的心跡。有一位研究中國文學的日本學者目加田誠還說，曹植在黃初元年改封鄄城侯，這時，他被王機等人誣陷，一度到京師，待罪南宮，而獲得覲見，黃初三年四月又回去做他的鄄城王，《洛神賦》就是他返回鄄城，途經洛河，激發了靈感而寫[23]。他的這個推測，證據太少，想像太多，似乎沒有甚麼人接受。

　　不過這裏有一個細節，卻很耐人尋味。在曹植《洛神賦》的序中，原來寫的是"黃初三年，余朝京師"，現在能夠見到的各種版本，寫的都是"黃初三年"[24]，沒有"四年"一說，可是，大家都習慣了說這事發生在黃初四年，不是三年。為甚麼變成這樣？

這是因為唐代有一個學者李善，他認為"三年"應該是"四年"的筆誤，他也沒有甚麼版本依據，只是憑他對《三國志》的熟悉，說黃初三年沒有諸王朝京都的記載，但是改成四年，就能同《三國志》合上了[25]。李善學問淵博，很讓人尊敬，他這麼一說，一般人也都覺得有道理，就肯定"三"是一個書寫錯誤，理由就是它與《三國志》等歷史記載不匹配，改成"四"便順理成章。

指出一個文本有文字上的錯誤，通常都要有版本依據，才能成為鐵板釘釘的結論，這是一般讀古書的人都知道的常識，可是偏偏到了《洛神賦》，現有各種版本都寫的是"黃初三年"，學術界卻普遍相信李善的推測，認為正確的寫法應該是"四年"，寫成"四年"才比較合理，這是多麼不尋常的事情！為甚麼沒有人質疑李善的推論缺乏文獻依據，是"以意逆志"，並不可靠，尤其他推論的前提，是將《洛神賦》當成了一個"寫實"的作品。那麼，《洛神賦》真的是一篇寫實的賦嗎？

註釋

1　參見羅蘭・巴特《戀人絮語 —— 一個結構主義的文本》，汪耀進等譯，上海人民出版社 2004 年。

2　《三國志》卷二三《楊俊傳》。

3　《三國志・魏書・文帝紀》裴註引《魏書》載丙午詔書。

4　參見酈道元《水經注》(陳橋驛《水經注校釋》，杭州大學出版社 1999 年) 卷十五《洛水》"又東北過伊闕中"，註曰："闕左壁有石銘云：黃初四年六月二十四日辛巳，大出水，舉高四丈五尺，齊此已下。"

5　《三國志・魏書・武文世王公傳》。

6　《三國志・魏書・任城王傳》。

7　《三國志・魏書・陳思王傳》。

8　《魏陳思王鼙舞歌五篇・聖皇篇》，載《宋書》卷二二《樂志三》。

9　曹植《送應氏二首》，見《六臣註文選》卷二十，中華書局影印本 2002 年。

10　《三國志・魏書・陳思王傳》引黃初四年曹植上疏。

11　《三國志・魏書・陳思王傳》裴註引魚豢《魏略》。

12　《三國志・魏書・王凌傳》。

13　據《三國志・楚王彪傳》記載，曹彪是太和五年冬到洛陽，而《陳思王傳》記曹植於太和六年正月見魏明帝，可知諸王是在太和五年底到六年初陸續抵達洛陽，受魏明帝召見。

14　《三國志・陳思王傳》引太和五年曹植上疏。

15　《三國志・武文世王公傳》裴註引曹冏上書曹爽。

16　《三國志・魏書・后妃傳》"評曰"。

17 《三國志‧魏書‧武文世王公傳》"評曰"。

18 《三國志‧魏書‧文帝紀》引魏文帝黃初四年正月詔。

19 《三國志‧任城王傳》裴註引魚豢《魏略》。

20 《三國志‧陳思王傳》裴註引孫盛《魏氏春秋》。

21 曹植作《魏文帝誄》,《三國志‧文帝紀》裴註引。

22 曹植《薤露行》,載郭茂倩編《樂府詩集》卷二七《相和歌辭二》,
中華書局 1996 年。

23 目加田誠《洛神の賦》,見《目加田誠著作集》第四卷《中國文學論
考》, 89 、 100 頁,龍溪書社 1985 年。

24 蕭統編《文選》、歐陽詢撰《藝文類聚》、張彥遠集《法書要錄》、
遼寧本《洛神賦圖》等均作"黃初三年"。

25 李善註《洛神賦》説:"魏志及諸詩序並云四年,此云三年,誤。"
(《六臣註文選》卷十九)。參見趙幼文校註《洛神賦》,見氏著《曹
植集校註》, 285 頁,人民文學出版社 1984 年。

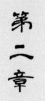

第二章

蘭之芳蔼兮步踟蹰於山隅於是忽焉

縱體以遨以嬉左倚采旄右蔭桂旗攘

皓腕於神滸兮采湍瀨之玄芝余

情悅其淑美兮心振蕩而不怡無良

媒以接歡兮託微波而通辭願誠素

之先達兮解玉佩以要之嗟佳人之

信脩羌習禮而明詩抗瓊珶以和余

兮指潛淵而為期感交甫之棄言兮

《洛神賦》的前史之一

——宓妃的傳說

一

在《洛神賦》的前面，有一個序，序是這樣寫的：

黃初三年，余朝京師，還濟洛川，古人有言，斯水之神名曰宓妃。感宋玉對楚王說神女之事，遂作斯賦。[1]

曹植在這簡短的序中講到他的寫作緣起，說明他寫《洛神賦》有兩個靈感來源，一個是關於洛河之神宓妃的古代傳說，一個是戰國時代的楚國作家宋玉寫的神女故事。在閱讀《洛神賦》以前，有必要從這一序文開始，先來檢討曹植說的這兩個靈感來源，看一看它們是怎樣構成了《洛神賦》寫作的"前史"。

首先看"古人有言，斯水之神名曰宓妃"，也就是來看曹植以前的人是怎樣談論宓妃。

根據現有資料，可以知道最晚在戰國時期，已經有人提到宓妃，見於屈原的《離騷》。屈原是楚國人，據漢代司馬遷在《史記·屈原列傳》中說，他在楚懷王時曾任左徒，但一度遭流放，被迫離開郢都（今湖北荊州），這時他寫下了《離騷》。《離騷》是以"余""吾""朕"這樣的第一人稱，傾訴自己內心純潔，可是被人構陷，又遭楚王誤解，由此要離開楚國，到遙遠的西方崑崙山去，"何離心之可同兮，吾將遠逝以自疏。邅吾道夫崑崙兮，路修遠以周流。"不過到了崑崙山以後，發現那裏並不存在理想中超凡脫俗的女性，於是又返回現實，還是來找宓妃：

> 吾令豐隆乘雲兮，求宓妃之所在。解佩纕以結言兮，吾令蹇修以為理。紛總總其離合兮，忽緯繣其難遷。夕歸次於窮石兮，朝濯髮乎洧盤。保厥美以驕傲兮，日康娛以淫遊。雖信美而無禮兮，來違棄而改求。[2]

上面這一段寫的就是"吾"返回現實後，立刻派豐隆乘着雲去找宓妃，再叫蹇修替他去好言說媒，卻碰了一鼻子灰。因為宓妃忽冷忽熱、若即若離，讓"吾"捉摸不定，只好放棄對她的追求，去找有娀氏女和有虞國的二姚，可是，又不幸被帝嚳、少康捷足先登。這裏寫到的宓妃、有娀佚女、二姚四個女性，在漢魏間的傳說中，本來是不同時代人物。據東漢王逸說，宓妃是一個神女，聽命於她的豐隆是雲師（或稱雷師），蹇修是伏羲氏臣下；有娀佚女名字叫簡狄，她是帝嚳之妃、契的母親，而契又是殷商始祖；二姚是有虞國國君的兩個女兒，都嫁給了少康，少康則是在他父親相被殺後逃到有虞國，靠着有虞的幫助，殺死澆而復興夏朝[3]。如果相信王逸的說法，那麼在四位女性中，宓妃是時代最早的，在《離騷》中，她也特別有個性，清高孤傲，難以接近，"吾"對她只好放棄[4]。

屈原是南方的楚人，他在《離騷》中寫"吾""朝發軔於天津兮，夕余至乎西極""路不周以左轉兮，指西海以為期"，目的地都是在西方極遠處，即崑崙山。王逸認為，這代表他要走遍天下去找志同道合的人，"言己設去楚國遠行，乃轉至崑崙神明之山，其路遙遠，周流天下，以求同志也"[5]。至於崑崙這個地方，據今人考證，大約是在西抵帕米爾高原東至甘肅、青海的範圍[6]。而《離騷》中所說宓妃"夕歸次於窮石"，即她夜晚居住的窮石，據東晉郭璞註《山海經》說，便是崑崙四水之一弱水的發源地，宓妃"朝濯髮乎洧盤"，即她早晨沐浴盥洗的洧盤之水，據王逸引《禹大傳》說，是發源於崦嵫山[7]，也就是《離騷》中所寫"吾令羲和弭節兮，望崦嵫而勿迫"的崦嵫，王逸說這是西方"日所入山"[8]，換句話說，宓妃早晚出入的地方，就是在西方崑崙。

這說明在屈原的時代，宓妃被認為是一個西方崑崙山的女神。

二

在漢代以後的文獻中，宓妃就出現得越來越多了。

西漢最有名的賦作家司馬相如在為漢武帝寫《上林賦》時，寫到有一個叫無是公的，專門替天子鼓吹上林苑，他說在上林苑中，就有宓妃：

> 若夫青琴、宓妃之徒，絕殊離俗，姣冶嫺都。靚莊刻飭，便嬛綽約，柔橈嬛嬛，嫵媚姌嫋，扡獨繭之褕袘，眇閻易以戌削，褊姺徶傠，與世殊服，芬香漚鬱，酷烈淑鬱。皓齒粲爛，宜笑的皪，長眉連娟，微睇綿藐，色授魂與，心愉於側。[9]

上林苑是漢武帝在秦帝國舊苑的基礎上擴建而成，位於西漢首都長安以西（今陝西咸陽市渭河以南）。根據《史記》的記載，司馬相如本來是蜀人，在漢景帝時代從成都到長安，但不久就跟着梁孝王及他手下的鄒陽、枚乘等一夥人走掉了，當時寫了《子虛賦》。梁孝王死後，他回到成都，這時有人將《子虛賦》推薦給漢武帝，漢武帝一看很喜歡，於是召見他，他也就再接再厲寫了一個續篇，就是《上林賦》。由於在《子虛賦》中，他寫過一個楚的使者子虛，跑到齊王面前吹噓楚國的雲夢，激起齊國烏有先生的好勝心，以齊之廣大"吞若雲夢者八九"，壓倒子虛，所以在《上林賦》這一續篇裏，他便又安排了無是公出面，竭力宣傳上林苑如何壯麗宏闊，其中還說到上林苑中有種種聲色娛樂，包括青琴、宓妃這樣的美女，全都為天子享用，這就是要讓楚、齊都知道天子的能量，要他們懂得"君臣之義"，知敬畏。漢武帝看了《上林賦》後非常高興，馬上就封了司馬相如一個郎官。

司馬相如寫賦，是在楚辭興盛的時代，他早先跟枚乘在一起，枚乘就恰好屬於屈原這一個流派[10]，他當然也可能受到《離騷》的啟發。可是在他筆下，宓妃已經不是那個倔強的崑崙女神，她變成了天子上林苑中的一個小角色，跟她在一起的還有另外一個青琴[11]，而她們的存在，又是對應於楚國雲夢的鄭女、曼姬[12]，彷彿只是一種標配。

不過即便如此，司馬相如還是在宓妃、青琴身上花了不少筆墨，寫出這兩個女性的形象，從她們的神情、妝容、身材，到她們行步娑娑的樣子，還有她們的笑靨如花、明眸皓齒、芳香襲人，有全景也有特寫，有靜姿也有動態。與屈原筆下的宓妃相比，這個宓妃，不光是有了具體可見的樣貌，更重要的是，她和青琴都與天子兩情相悅，"彼色來授，魂往與接也" [13]，結果也是皆大歡喜。

《上林賦》是迎合漢武帝的心情而寫，它的宗旨，是要表現比起楚王、齊王之所有，天子擁有的一切，才具有從物質到精神的壓倒性優勢。在這裏，司馬相如並沒有交待宓妃的來歷，不過能在上林苑出現，已經證明她進入了天子的勢力範圍，何況她還是那麼心甘情願地獻身於天子，並不像《離騷》中的宓妃那樣高冷不羈。而這一細節的變化，恰好是從戰國分裂到秦漢統一，尤其是在吳、楚、齊、趙等七國之亂被平定後，進入漢武帝高度集權時期，是這一時代轉變的寫照。天子的權力無邊，也包括了對神仙世界的掌控，像宓妃、青琴這樣的神女，也都能召之即來。

三

　　這以後過了大約半個世紀，西漢末年的作家揚雄也寫到
宓妃。而揚雄像司馬相如一樣，他也是蜀郡成都人，據東漢
班固的《漢書・揚雄傳》記載，他之所以會寫賦，主要就是學
習《離騷》並模仿司馬相如。他四十多歲到了長安，待詔未央
宮，在元延二年（前 11）正月，終於有機會跟隨漢成帝"行幸
甘泉，郊泰畤"，獻上《甘泉賦》[14]。

　　甘泉宮在咸陽淳化縣西北的甘泉山，本來也是秦始皇的
離宮，在漢武帝時擴建。漢成帝這一趟去，目的在於"求繼
嗣"，這當然是一件大事。據班固說，漢成帝很寵愛的趙昭
儀即趙飛燕當時也隨行，而揚雄就很擔心漢成帝被趙昭儀左
右，所以在賦中他就寫到，如果天子希望得到神的賜福，在
郊祀太一前，必須要"澄心清魂，儲精垂思"，以抵抗宓妃、
玉女的誘惑：

　　　　想西王母欣然而上壽兮，屏玉女而卻宓妃。玉女無
　　所眺其清廬兮，宓妃曾不得施其蛾眉。方攬道德之精剛兮，
　　侔神明與之為資。[15]

揚雄在這裏寫到宓妃，是同西王母、玉女一起出現的。過去，司馬相如寫《大人賦》的時候，就已經提到了西王母和玉女。按照《漢書‧司馬相如傳》的説法，《大人賦》也是司馬相如"見上好仙"，為迎合其意而寫，漢武帝讀後，也確實"飄飄有凌雲氣遊天地之間意"[16]。這是因為司馬相如在賦中寫了一箇中州大人，他"揭輕舉而遠遊"，"遍覽八紘而觀四荒"，來到崑崙山，闖進帝宮帶走玉女，又看見了西王母和她的使者三足鳥：

> 西望崑崙之軋沕洸忽兮，直徑馳乎三危。排閶闔而入帝宮兮，載玉女而與之歸。登閬風而遙集兮，亢鳥騰而壹止。低個陰山翔以紆曲兮，吾乃今日睹西王母。暠然白首戴勝而穴處兮，亦幸有三足鳥為之使。必長生若此而不死兮，雖濟萬世不足以喜。[17]

司馬相如的《大人賦》説明，在公元前二世紀，西王母、玉女就已經是崑崙神話中的人物[18]，到了公元前一世紀，在揚雄的《甘泉賦》裏，宓妃又是同西王母、玉女一道出現，表明在這個時代，她們都屬於崑崙神話系統，是崑崙神話中的女神[19]。

揚雄作賦，是從模仿司馬相如開始，他寫賦，當然有可能取材於司馬相如賦，有意無意地套用司馬相如賦裏的人物、情節，但這裏還是看得出一點區別：在司馬相如筆下，無論《上林賦》裏的宓妃還是《大人賦》裏的玉女，不是貌美如花，就是溫良恭順，但在《甘泉賦》裏，她們卻都被揚雄寫成了有害的人物，是天子應該趨避的對象。

圖 3　東漢伏羲女媧形象

四

　　值得注意的是，在上述戰國到西漢後期的傳說中，宓妃
一直都是身居西方，從崑崙到長安，但就在揚雄寫作《甘泉
賦》的這年年底，即元延二年十二月，他再次跟隨漢成帝打
獵[20]，由此寫下《校（羽）獵賦》。在這篇賦裏，當他一一細數
了打獵的收穫，包括無數水中珍禽異寶，這時，他說還要拿
鞭子驅趕宓妃，用她去侍奉屈原、彭咸、伍子胥：

　　　　鞭洛水之宓妃，餉屈原與彭、胥。[21]

　　揚雄熟讀《離騷》，他用這種方式將屈原和宓妃聯繫起
來，顯然是由於《離騷》中寫到了“求宓妃之所在”，而他是
要以此來向偶像屈原致敬。但是不知為甚麼，他在這裏寫到
的宓妃，忽然變成了“洛水之宓妃”？似乎宓妃有了一個新的
身份。當然，也只有當宓妃是在水中，她才有可能被拿來作
為是對溺水而亡的屈原、彭咸、伍子胥的紀念[22]。

　　這是揚雄筆下出現的一個新的宓妃，它表明在西漢後期
的傳說裏面，實際有兩個宓妃，一個在崑崙山、一個在洛水，

又或者説宓妃實際有兩個身份，一個是崑崙之神，一個是洛水之神。

與揚雄大約在同一時期，有一個學者劉向，模仿屈原的《九歌》寫作了《九歎》。在其中的《湣命》一節，劉向感慨父輩時代尚有是非善惡之分，能夠"放佞人與諂諛兮，斥讒夫與便嬖；親忠正之惆誠兮，招貞良與明智"，能夠"逐下袟於後堂兮，迎宓妃於伊洛"，然而到了自己這個時代，政治風氣敗壞，"反表以為裏兮，顛裳以為衣"，所以，他"哀余生之不當兮，獨蒙毒而逢尤"[23]。據《漢書·楚元王附劉向傳》記載，劉向在漢元帝初期，曾與蕭望之等輔政，後來被政治對手迫害下獄，貶為庶人，要到漢成帝時，才重新獲得任用。這樣的經歷，讓他很能體會屈原的心情，因此，在《九歎·湣命》中，他也是將宓妃視為尊貴的女性，與惡人下袟剛好相反[24]，而他説在政風良好的時代，"迎宓妃於伊洛"，就不僅僅是在講宓妃來自伊洛河[25]，為洛河女神，更是把她當成清明廉潔政治的象徵。

這裏要補充説明一點，關於洛河中有女神（嬪）的這個傳説，早已見於屈原的《天問》：

　　帝降夷羿，革孽夏民。胡射夫河伯，而妻彼洛嬪。[26]

按照王逸的解釋，這就是屈原怒而向天帝發問：你既降下夷羿，推翻夏的太康，改變夏的歷史，而這位羿，為甚麼又要射殺河伯，奪走河伯的妻子？河伯的妻子"洛嬪"，王逸說就是宓妃，"雒嬪，水神，謂宓妃也"[27]。現代學者顧頡剛根據《左傳‧襄公四年》"后羿自鉏遷於窮石，因夏民以代夏政"的記載，考證窮石為羿的都城，他說既然《離騷》講到宓妃"歸次於窮石"，窮石必是宓妃的家，那麼她也一定是羿的妻子[28]。不過，游國恩卻認為這些都是傳說，未見得可靠，雖然戰國時已經有了"河伯娶婦"的傳聞，可是"雒嬪為宓妃"的說法，應該還是"後人附會"[29]。游國恩的意見比較合理。但是，如果不去追究"洛嬪即宓妃"這個說法究竟起於何時，只看揚雄、劉向的賦以及王逸的解說，即可知在西漢後期到東漢這段時間，洛嬪就是宓妃，已經成了人們一種比較普遍的觀念。

　　再說到河伯，在屈原的《九歌》中就有一首《河伯》，講的是河伯"與女遊兮九河"，而又"登崑崙兮四望"，最後與女子告別，是"子交手兮東行，送美人兮南浦"[30]。那確實是一個戀愛中的含情脈脈的河伯。如果在屈原心目中，河伯的愛人就是宓妃，那麼在《天問》中，他講到羿欺侮河伯，"妻彼洛嬪"的時候，怒不可遏，也就毫不奇怪了。

五

　　神話、傳說都不是歷史，不可當真去求證，求證的話，必定破綻百出。但是，通過上述零星記載，也能夠看到草蛇灰線一樣的歷史痕跡，就是在戰國到西漢前期，宓妃還是被視為崑崙神話系統中的女神，可是從那以後，她似乎就向東移步，與發源自青海巴顏喀拉山脈的黃河支流洛河，發生越來越密切的關係，再等到東漢建都洛陽，就徹底變成了洛河之神[31]。

　　洛陽早先稱雒邑，是周成王派周公、召公營建，又叫成周，後來周平王遷都於此，它也就變成了王城。秦建都於咸陽，雒邑本屬於三川郡，但是改名為洛陽。西漢之初，高祖開頭有幾年在洛陽，不過最終定都長安。這以後就要到東漢，光武帝建武元年（25）再次定洛陽為首都。班固在《東都賦》中曾說，與西漢當初為了"辟界西戎"而以長安為都相比，建都洛陽，有回到地理中心的優勢，"孰與處乎土中，平夷洞達，萬方輻輳"[32]？東漢的張衡在"擬班固《兩都》，作《二京賦》"時[33]，於《東京賦》裏面，也寫到過漢光武帝要"思和求中"，因而"都茲洛宮"。在張衡看來，當年周成王之所以看中洛陽，就因為它依山傍水，地勢特殊：

……審曲面勢，溯洛背河，左伊右瀍，西阻九阿，東門於旋。盟津達其後，太谷通其前。回行道乎伊闕，邪徑捷乎轘轅。太室作鎮，揭以熊耳，厎柱輟流，鐔以大伾。溫液湯泉，黑丹石緇，王鮪岫居，能鱉三趾。宓妃攸館，神用挺紀。龍圖授羲，龜書畀姒。[34]

張衡既是一位賦作家，又是精通天文、陰陽、曆算的博學家，據說他為了寫好《二京賦》，"靜思傅會，十年乃成"。他對於東京洛陽的描寫，除了講它有天然美好的環境，還特別強調它是神靈庇護之所，因此有王鮪遊弋，有三足鱉，還有宓妃，同時，上天曾在這裏預告過周的命數年紀，龍馬曾在這裏將八卦河圖交給伏羲，神龜亦曾在這裏向大禹展示過它背上的花紋，這些統統是吉祥之兆，其中"宓妃攸館"[35]，也表示宓妃是保護洛陽的神靈。

張衡在漢順帝時為侍中，據范曄所撰《後漢書·張衡傳》說，當時宦官勢力大，也討厭他，"恐終為其患，遂共讒之"，所以，他在高壓之下曾寫過一篇《思玄賦》，"以宣寄情志"。《思玄賦》是以第一人稱"余"寫自己"將往走乎八荒"，在往北去的路上，經過銀台，去拜見了西王母，而西王母也很高興，把玉女、宓妃也都叫了出來：

……載太華之玉女兮，召洛浦之宓妃。咸姣麗以蠱媚兮，增嫮眼而蛾眉。舒妙婧之纖腰兮，揚雜錯之袿徽。離朱唇而微笑兮，顏的礰以遺光。獻環琨與瑯繘兮，申厥好以玄黃。[36]

不過，西王母以及玉女、宓妃的熱情、美貌，都沒有讓"余"的理想動搖，"余"甚至顧不上回答她們的詠詩清唱，便匆匆上路，沿黃河奔向崑崙，"瞻崑崙之巍巍兮"，"登閬風之曾城"。

就像在司馬相如的《大人賦》、揚雄的《甘泉賦》中一樣，張衡也寫到了宓妃和玉女、西王母，她們過去都是崑崙神話系統裏的女神，可是在《思玄賦》中，玉女依然是太華山（今陝西華陰市南）的玉女，宓妃卻變成了"洛浦之宓妃"。這表明在公元一到二世紀的東漢，宓妃之為洛水之神，已是確定無疑。宓妃就是洛神，洛神就是宓妃。

六

　　但就是在這個時候，宓妃也還是像青琴、玉女她們一樣，只是神女中的一個，絕沒有那麼突出，並不是那麼獨一無二。比如在東漢邊讓的《章華賦》裏，就可以看到宓妃和其他女性在一起，呈一個隊列：

　　　　招宓妃，命湘娥，齊倡列，鄭女羅。[37]

　　邊讓是東漢末年人，據《後漢書‧邊讓傳》記載，他是在建安時代被曹操殺害，留下這篇《章華賦》。賦是藉着春秋時期的楚國人伍舉的名義，諷刺楚靈王修了章華台以後，便在此"設長夜之歡飲，展中情之嬿婉，竭四海之妙珍兮，盡生人之秘玩"，所謂"盡生人之秘玩"，其中就包括了呼朋喚友、飲酒食肉，即"攜窈窕，從好仇，徑肉林，登糟丘"，而又招來美女宓妃、湘娥以及齊倡、鄭女，為之歌舞助興。齊倡、鄭女，指的是來自齊、鄭之地的女演員。湘娥，是指湘水之神。張衡在《西京賦》裏，已經寫到過湘娥，他說到當天子在上林苑昆明池中，聽着船娘的歌聲，心波盪漾，便"感河馮，懷湘娥"。這個湘娥，據唐代李善註說，就是屈原《九歌》裏的"湘夫人"[38]。而所謂湘夫人，按照王逸的說法，就是堯的兩個女兒娥皇、女英，她們跟着舜一起到南方，最後死於湘水，所以稱湘夫人[39]。如果王逸、李善的註都不是憑空而來，都有他們在自己時代得到的依據，那麼，在《章華賦》中，以宓妃、湘娥並稱，便可證明在漢末邊讓時代人的觀念裏面，宓妃和湘娥，的確一個代表了洛水之神，一個代表了湘水之神。

而宓妃、湘娥並稱，更是表明從揚雄《校（羽）獵賦》說："鞭洛水之宓妃，餉屈原與彭、胥"以來，到漢魏之交，關於宓妃的身份，又有了一個新的變化，就是像三國魏的如淳所說，她是伏羲的女兒，在洛河中溺亡，於是變成了洛神[40]。這個解釋，大概就是依傍着湘娥身世的傳說，而給宓妃也製造了一個新的身份。有了伏羲女兒這個身份，從西方崑崙來到中原洛河的宓妃，才能同堯的女兒湘娥完美匹配。

根據現代學者聞一多的研究，伏羲之名，最早出現在戰國，到了漢代，便有很多關於他的傳說，有的稱他和女媧是人類始祖，有的說他畫八卦，是文明的創始人[41]。曹植也寫過《伏羲讚》，以為"木德風姓，八卦創焉"[42]。而在漢末三國時代人眼裏，宓妃便是這麼一個伏羲的女兒。

七

與邊讓同時代的蔡邕寫過一篇《述行賦》，講的是漢桓帝時，因為“善鼓琴”，他被差遣去洛陽的事。那時，他還對政治沒有甚麼興趣，對朝廷也缺乏信心，抱着一種“明哲泊焉，不失所寧”的人生態度[43]，因此，從家鄉陳留圉（今河南省開封市杞縣圉鎮鎮）出發，走到偃師（今河南偃師市）的時候，便稱病而返，據《後漢書·蔡邕傳》說，從此“閒居玩古，不交當世”。但是，在這次沒有完成的旅行中，如《述行賦》所寫，當他快要接近洛陽時，遠遠看見巍巍嵩山與黃河、洛河交匯處的寬闊河面，“行遊目以南望兮，覽太室之威靈。顧大河於北垠兮，瞰洛汭之始併”[44]，這時，他還是想到了在洛陽這樣一個富饒的大都市，由於有宓妃的庇護，有洛、伊、瀍、澗四水交錯而與城裏的運河相通，於是帶來了四面八方的人才物資：

……乘舫舟而溯湍流兮，浮清波以橫厲。想宓妃之靈光兮，神幽隱以潛翳。實熊耳之泉液兮，總伊瀍與澗瀨。通渠源於京城兮，引職貢乎荒裔。連吳榜其萬艘兮，充王府而納最。[45]

在這裏，就像張衡當年在《東京賦》中所説，蔡邕也是把宓妃看成能給洛陽帶來平安幸福的洛河神靈。

蔡邕在漢末極為動盪顛簸的政治環境中，度過了他相當曲折的一生。到了晚年，他將自己的"書籍文章"都送給了一個年輕作家王粲[46]，而王粲在建安十三年（208）歸於曹操後，一直都是曹操極為信任的人，同曹丕、曹植也有親密交往[47]。日本學者目加田誠還注意到，在曹操麾下，當時還有不少蔡邕的門弟子，比如阮瑀、路粹[48]。在由王粲、阮瑀等人構成的以曹氏父子為中心的建安文學圈內，由此也可以想見蔡邕的書籍文章，包括他寫的《述行賦》，會產生甚麼樣的影響。

半個多世紀後，當曹植離開洛陽返回雍丘途中，在洛河邊，他説自己想到"古人有言，斯水之神名曰宓妃"，那恐怕正是蔡邕臨洛河而"想宓妃之靈光"的場景再現，而曹植在這裏説的"古人"，應該也是包括了屈原、司馬相如、揚雄、張衡、王逸、邊讓、蔡邕等人[49]。可是，在戰國到兩漢時的這些人筆下，宓妃來自哪裏，她是甚麼身份，她的容貌性情如何，並沒有統一的描寫。有時她是崑崙山的神女，有時是洛河之神，有時她是河伯的妻子，有時是伏羲女兒，有時她光豔奪目，有時靈光收斂，有時她驕縱，有時又順從。就是同一個揚雄，在同一年裏，也寫下過兩個不同的宓妃。所以要説"古人有言"，古人留下的實在不是一個宓妃，而是多個宓妃。

　　而此刻出現在曹植記憶中的，應該也不是一個宓妃而是多個宓妃，激勵他寫下《洛神賦》的，正是這些錯綜的、矛盾的、混沌一片的宓妃傳說。

註釋

1　曹植《洛神賦》，引自《六臣註文選》卷十九。

2　屈原《離騷》，引自洪興祖撰《楚辭補註》，白化文等點校，31 頁，中華書局 1983 年。

3　王逸註，見《楚辭補註》31、32、34 頁。

4　王逸註以為"宓妃佚女，以譬賢臣"，又"宓妃，神女，以喻隱士"（《楚辭補註》3、31 頁）；呂延濟註以為"宓妃，洛水神，以喻賢臣"（《六臣註文選》卷三一《離騷經》）。

5　王逸註，見《楚辭補註》43 頁。

6　見勞榦《崑崙山的傳說》，載其《古代中國的歷史與文化》下冊，640 頁，中華書局 2006 年。

7　郭璞註、王逸註，均見《楚辭補註》32 頁。

8　王逸註，見《楚辭補註》27 頁。

9　司馬相如《上林賦》，引自《史記》卷一一七《司馬相如傳》，中華書局點校本。案《漢書》卷五七《司馬相如傳》（中華書局點校本）所引，與此文字略有異。《文選》所收，又題作《子虛賦》《上林賦》，見《六臣註文選》卷七、八。

10　《漢書》卷三十《藝文志·詩賦略》著錄枚乘賦、司馬相如賦，在"屈原賦之屬"。

11　青琴，東漢伏儼稱其為"古神女"，三國吳韋昭撰《漢書音義》也稱她與宓妃都是"古神女"，見《史記·司馬相如傳》裴駰集解、司馬貞索隱。

12　據漢末文穎説，鄭國出好女，"曼"是色理曼澤的意思。三國魏如淳則説"鄭女"指夏姬，"曼姬"是指楚武王婦鄧曼，見《史記·司馬相如傳》裴駰集解、司馬貞索隱。

13 《漢書・司馬相如傳》顏師古註引張揖註，簡稱"色授魂與"。

14 《漢書・成帝紀》記成帝於元延二年"行幸甘泉，郊泰畤"。《漢書》卷八七《揚雄傳》說揚雄"從上甘泉，還奏《甘泉賦》以風"，"賦成奏之，天子異焉"。

15 揚雄《甘泉賦》，引自《漢書・揚雄傳》。

16 參見《漢書・揚雄傳》顏師古註曰："昔之談者咸以西王母為仙靈之最，故相如言大人之仙，娛遊之盛，顧視王母，鄙而陋之，不足羨慕也。"

17 司馬相如《大人賦》，引自《漢書・司馬相如傳》。

18 參見顧頡剛的《〈莊子〉和〈楚辭〉中崑崙和蓬萊兩個神話系統的融合》(《中華文史論叢》1979 年第二輯 31 頁)與《〈山海經〉中的崑崙區》(《中國社會科學》1982 年第 1 期)，其中說中國古代留傳下來的神話中，有崑崙和蓬萊兩個系統，崑崙神話發源於西部高原，流傳到東方後，在燕吳齊越沿海形成蓬萊神話，以後各自流傳，到戰國中期之後，再結合為一個新的統一的神話世界。而關於玉山西王母，文章認為當是住在崑崙區的西部。又參見勞榦在《崑崙山的傳說》(《古代中國的歷史與文化》下，中華書局 2006 年)中的分析，他說在以《山海經》為代表的神話裏，西王母是被設定為住在崑崙山或崑崙山附近的，崑崙為黃河發源地，也是人神相會之所，如果說中國的中心在洛陽，那麼全宇宙的中心便在崑崙。

19 參見《漢書・揚雄傳》顏師古註曰："西王母在西方，周穆王所見也。玉女、宓妃皆神女也。"

20 據《漢書・成帝紀》記載，元延二年"冬，行幸長楊宮，從胡客大校獵"，長楊宮是在上林苑內。而《漢書・揚雄傳》在引揚雄《校獵賦》之後，又記有"明年，上將大誇胡人以多禽獸"，至長楊，揚雄從獵。由此可知，揚雄曾兩次隨漢成帝羽獵至上林苑，其作《長楊賦》，則似在元延初年。

21 《漢書‧揚雄傳》顏師古古註曰："彭，彭咸，胥，伍子胥，皆水死者。"

22 劉勰曾批評"子云《羽獵》'鞭宓妃以饢屈原'，張衡《羽獵》'困玄冥於朔野'，變彼洛神，既非魍魎，惟此水師，亦非魑魅，而虛用濫形，不其疏乎"（范文瀾註《文心雕龍註‧誇飾》，608 頁，人民文學出版社 1958 年）。

23 劉向《九歎》，引自《楚辭補註》。

24 王逸註："下袵，謂妾御也。袟，音秩，祭有次也。"（《楚辭補註》302 頁）

25 伊洛，王逸註謂"伊洛之水"，"洛，一作川"（《楚辭補註》302 頁）。據此，則"伊洛"可理解為伊洛河，也可理解為伊河。伊洛河是黃河支流，由源出陝西華山西南麓的洛河與源出河南熊耳山東南麓的伊河，流經河南偃師縣匯合而成；伊河則是源出河南欒川縣北部伏牛山脈。

26 屈原《天問》，引自《楚辭補註》99 頁。

27 王逸註，見《楚辭補註》99 頁。

28 顧頡剛在《〈莊子〉和〈楚辭〉中崑崙和蓬萊兩個神話系統的融合》的文章中，據王逸註引《傳》曰"河伯化為白龍，遊於水旁，羿見射之，眇其左目""羿又夢與雒水神宓妃交接"，分析認為羿夢中與宓妃交接，"就是曹植《洛神賦》的由來"。

29 游國恩《天問纂義》，《游國恩楚辭論著集》第二卷，213—218 頁，中華書局 2008 年。

30 屈原《九歌‧河伯》，見《楚辭補註》79—80 頁。參見金開誠等《屈原集校註》對《河伯》的解說和註釋，266—273 頁，中華書局 1996 年。

31 東漢之所以建都洛陽，據金發根《中國中古地域觀念之轉變》（88 頁，香港蘭台出版社 1924 年）的分析，是由於長安在王莽末期，遭到更始軍隊及赤眉軍數十萬眾進入關中後互相攻戰的破壞，同時長安仰賴山東的糧食，漕運需經過砥柱，路途長且險，已不適合繼續做首都，而光武帝的功臣又多是山東尤其南陽人，選擇洛陽為都，亦可滿足他們離家鄉近的願望。

32　班固《東都賦》，引自《後漢書》卷四十《班固傳》。

33　見《後漢書》卷五九《張衡傳》。

34　張衡《東京賦》，引自《六臣註文選》卷三。

35　李善註張衡《東京賦》（《文選》卷三，中華書局影印本 1977 年）謂："《楚辭》曰：'迎宓妃於伊洛。'王逸曰：'宓妃，神女，蓋伊洛之水精。'"

36　張衡《思玄賦》，引自《後漢書・張衡傳》。

37　邊讓《章華賦》，引自《後漢書》卷八十《邊讓傳》。

38　張衡《西京賦》，見《六臣註文選》卷二。

39　王逸註《九歌・湘夫人》，見《楚辭補註》64 頁。

40　《史記・司馬相如傳》司馬貞索隱引如淳曰："宓妃，伏羲女，溺死洛水，遂為洛水之神。"

41　聞一多《伏羲考》，收入《聞一多全集（1）》，生活・讀書・新知三聯書店 1982 年。參見《史記》卷一三○《太史公自序》："余聞之先人曰：伏羲至純厚，作《易・八卦》。"《漢書・藝文志》引《易》曰：'宓戲氏仰觀象於天，俯觀法於地，觀鳥獸之文，與地之宜，近取諸身，遠取諸物，於是始作八卦，以通神明之德，以類萬物之情。'"唐顏師古註曰："宓讀與伏同。"

42　曹植《伏羲讚》，見歐陽詢編《藝文類聚》卷十一《帝王部》208 頁，上海古籍出版社 1982 年。

43　蔡邕《釋誨》，見《後漢書》卷五十《蔡邕傳》。

44 蔡邕《述行賦》，見《藝文類聚》卷二七《人部‧行旅》490 頁。

45 蔡邕《述行賦》，引自費振剛等校註《全漢賦校註》912 頁，廣東教育出版社 2005 年。

46 《三國志》卷二一《王粲傳》。

47 參見曹植《贈王粲》等，載《六臣註文選》卷二四。

48 目加田誠《洛神の賦》，轉引自《目加田誠著作集》第四卷《中國文學論考》79 頁。

49 據曹耀湘《讀騷論世》説，《洛神賦》就是依據前文所引《天問》"胡射夫河伯，而妻彼雒嬪"的王逸註而來的，"射河伯、妻雒嬪，言羿不獨虐害萬民，且能凌侮神祇也。妻宓妃事，與宋玉賦高唐神女事相類，以見其荒淫無度，妖異乘之而起。"（轉引自《游國恩楚辭論著集》第二卷《天問纂義》217 頁）

第三章

期若往若還轉眄流精光潤玉顏

含辭未吐氣若幽蘭華容婀娜令

我忘湌於是屏翳收風川后靜波

馮夷鳴鼓女媧清歌騰文魚以警

乘鳴玉鸞以偕逝六龍儼其齊首

載雲車之容裔鯨鯢踊而夾轂水

禽翔而為衛於是越北沚過南岡

于蕙兮巴青陽動朱脣兮余言東

《洛神賦》的前史之二

——宋玉的神女

在《洛神賦》的序裏，曹植講到激發他寫作的另外一個靈感，是"宋玉對楚王說神女之事"。接下來，就要看一看宋玉是怎樣對楚王說的神女事。

先來說說宋玉這個人。宋玉是戰國時的楚人，《史記·屈原列傳》中記載着，"屈原既死之後，楚有宋玉、唐勒、景差之徒者，皆好辭而以賦見稱"，就是說宋玉、唐勒這批人，是繼承了屈原善於寫辭賦這一點，個個都成了知名作家的。《漢書·藝文志》著錄有"宋玉賦十六篇"，這是漢代人還能見到的他的賦集，不過這個賦集早已經失傳，現在人只能到《楚辭》《文選》以及《古文苑》這三部文學總集裏，去看他的作品。

《楚辭》是西漢末年劉向所編，東漢的王逸為它做過註，稱《楚辭章句》，這個註本還保留着[1]，所以，通過它能夠看到原來《楚辭》所收宋玉的兩篇作品，就是《九辯》和《招魂》。而在梁昭明太子編的《文選》裏面，則有《風賦》《高唐賦》《神女賦》《登徒子好色賦》《風賦》《對楚王問》《九辯》等七篇宋玉的賦和文。《古文苑》相傳是唐人的舊藏，為北宋孫洙所發現，還收有宋玉的《諷》《笛》《釣》《大言》《小言》《舞賦》等六篇賦。清代學者崔述、張惠言等都提出過懷疑，認為這些作品很多不是宋玉寫的，大多為古人假藉他的名義所偽造。現代學者如游國恩認為真正是宋玉作的只有《九辯》這一篇，《招魂》是屈原作品，《文選》和《古文苑》中所載都是後人偽托 [2]，陸侃如也主張《文選》中的四篇是後人偽托，但《楚辭》中的兩篇大體可靠 [3]。再後來，胡念貽考證這六篇都是宋玉自己寫的，他還提到司馬相如寫《子虛賦》，便是受了宋玉《高唐賦》的影響 [4]。這些是圍繞宋玉其人及其賦的真偽，有過的一些爭論。不過，自從 1972 年在山東臨沂發掘的銀雀山一號墓裏，出土了寫有"唐革（勒）與宋玉言御襄王前"的殘簡 [5]，這一殘簡的出現，就讓爭論告一段落。因為墓中還有一大批寫了字的竹簡，這些竹簡的年代，都被確定是在漢文帝、景帝以至武帝初期，這一"唐勒與宋玉"簡也不例外，而這說明至少在漢代初期，也就是司馬遷寫《史記》的年代，那時人們還是相信宋玉、唐勒確有其人，他們不僅與楚襄王生活在同一時期，也對楚襄王確有所"言"。

因此，現在也可以相信，當曹植寫下"宋玉對楚王說神女之事"的時候，他指的就是宋玉的《高唐賦》和《神女賦》。這兩篇賦，加上宋玉的另一篇《登徒子好色賦》，在收入《文選》時，是與曹植的《洛神賦》被編在同一卷的，總標題為"情賦"，這也表明《文選》的編者早已經注意到了《洛神賦》與宋玉賦之間的聯繫。

二

　　宋玉的《高唐賦》和《神女賦》是前後相續的兩篇作品，內容有相關性。

　　《高唐賦》首先採用第三人稱寫作，以楚襄王與宋玉的對話，回憶楚襄王的父親楚懷王遊雲夢而邂逅巫山之女的往事：

　　　　昔者楚襄王與宋玉遊於雲夢之台，望高唐之觀，其上獨有雲氣，崒兮直上，忽兮改容，須臾之間，變化無窮。王問玉曰：「此何氣也？」玉對曰：「所謂朝雲者也。」王曰：「何謂朝雲？」玉曰：「昔者先王嘗遊高唐，怠而晝寢，夢見一婦人，曰：『妾巫山之女也。為高唐之客，聞君遊高唐，願薦枕蓆。』王因幸之，去而辭曰：『妾在巫山之陽，高丘之岨，旦為朝雲，暮為行雨，朝朝暮暮，陽台之下。』旦朝視之，如言，故為立廟，號曰朝雲。」[6]

　　這一段敍述，需要説明的是，也為《文選》的唐代李善註所引[7]，李善在兩個地方都引到，一個是《文選》所收江淹的《別賦》，李善註引"宋玉《高唐賦》"説：

我帝之季女，名曰瑤姬，未行而亡，封於巫山之台，精神為草，實曰靈芝。[8]

另一個是江淹《雜擬詩》三十首中的《潘黃門岳》，李善註引《宋玉集》說：

楚襄王與宋玉遊於雲夢之野，望朝雲之館，有氣焉，須臾之間，變化無窮。王問："此是何氣也？"玉對曰："昔先王遊於高唐，怠而晝寢，夢見婦人，自云：'我帝之季女，名曰瑤姬，未行而亡，封於巫山之台，聞王來遊，願薦枕蓆。'王因幸之，去，乃言：'妾在巫山之陽，高丘之岨，旦為朝雲，暮為行雨，朝朝暮暮，陽台之下。'旦起視之，果如其言，為之立館，名曰朝雲。"[9]

從李善註看，他引這兩段文字，應該都出於《宋玉集》，與收在現存《文選》裏的宋玉《高唐賦》沒有太大差別，只是李善看到的《宋玉集》中，多了巫山之女自稱"帝之季女，名曰瑤姬，未行而亡，封於巫山之台"這幾句話，而李善還特別根據《襄陽耆舊傳》對其中的"帝"做了解釋，說是指赤帝[10]，也就是說巫山之女應該是赤（炎）帝的女兒，未嫁而亡，與楚懷王在高唐相遇。

曹植寫《洛神賦》的時候，當然還沒有《文選》，他要讀宋玉賦，大概讀的也是如《漢志》所著錄"宋玉賦十六篇"，又或是其他傳世的《宋玉集》[11]，不管哪一種，都可能與今天人們看到的宋玉賦有一些文字差異。而當曹植說他想起"宋玉對楚王說神女之事"，那個"神女之事"，與流傳至今的《文選》中的《高唐賦》《神女賦》所寫，也未必一字不差，不是結構性的或賦的宗旨不同，然而總有部分信息遺漏，這是讀傳世的文學作品以及古文獻時，應該有的一點常識。

仍然回到《高唐賦》上來。它接下來寫楚襄王聽了懷王遇見巫山之女的往事後，便向宋玉追問"朝雲"是甚麼樣子，自己"可以遊乎"，並要求宋玉"為寡人賦之"，於是宋玉大大描述了一番高唐。宋玉說：如果是在雨後登巫山而俯瞰河谷，便可見驚濤駭浪以及河兩岸的動物、植物，"清濁相和，五變四會，感心動耳，迴腸傷氣，孤子寡婦，寒心酸鼻，長吏墜官，賢士失志，愁思無已，歎息垂泪"，"登高望遠，使人心瘁"，而巫山磐石險峻，也"使人心動，無故自恐"。方士們就是在這樣的地方聚穀、禱神，（楚）王也是"乘玉輿，駟蒼驪"，在此縱獵。最後，宋玉叮囑道：如果要去高唐，必須齋戒後擇日而行，方可有所收穫，於公，能助你"思萬方，憂國害，開聖賢，輔不逮"，於私，也能有"九竅通鬱，精神察滯，延年益壽千萬歲"的效果。

三

　　以上《高唐賦》的內容，是"宋玉對楚王說神女之事"的前半部分，因為《神女賦》開篇第一句話就說"楚襄王與宋玉遊於雲夢之浦，使玉賦高唐之事"，由此可知它是承接《高唐賦》而來，是《高唐賦》的續篇。這一點，如胡念貽所指出，確實也為司馬相如所繼承，他也是先寫《子虛賦》，過了一段時間才寫《上林賦》的，而這兩篇賦的內容是銜接的，在《史記·司馬相如傳》最早引這兩篇賦的時候，也並沒有篇名，要到《文選》中，才可以看到《子虛賦》《上林賦》這樣的題目。比司馬相如更早的宋玉，他的《高唐賦》《神女賦》已經是以這種方式寫出來的。

　　接着《高唐賦》，《神女賦》寫到楚襄王聽了宋玉的講述，當晚就夢見"與神女遇"，第二天他興沖沖地去告訴宋玉，宋玉問他夢中情形，他一一道來，說夢中見到的婦人毫無瑕疵，"茂矣美矣，諸好備矣"，不光是美麗"不可勝讚"，脾氣秉性也好，適於做伴侶，"性和適，宜侍旁"。隨後，他又叫宋玉"試為寡人賦之"，就像在《高唐賦》中要求宋玉為他"賦"高唐一樣，在這裏，他也讓宋玉以其擅長的賦體語言，將他的夢再描述一遍。宋玉答應了："玉曰：'唯唯。'"

以下便是宋玉根據楚襄王的口述，並且以楚襄王的視角，用賦的文學筆法來重現楚襄王與神女邂逅的夢境。他按照楚襄王一見神女，便有"上古既無，世所未見，瑰姿瑋態，不可勝讚"的慨歎，首先這樣描寫神女的美麗：

> 夫何神女之姣麗兮，含陰陽之渥飾。被華藻之可好兮，
> 若翡翠之奮翼。其象無雙，其美無極。毛嬙鄣袂，不足程式，
> 西施掩面，比之無色。近之既妖，遠之有望。骨法多奇，
> 應君之相。視之盈目，孰者克尚。[12]

這一段敍述，用的全是楚襄王口氣。何以知道是楚襄王的口氣呢？因為寫到這裏，宋玉自己跳了出來，插入他的旁白說：這位神女，只有楚襄王見過，楚襄王才知道她長甚麼樣子，"私心獨悅，樂之無量。交希恩疏，不可盡暢。他人莫睹，王覽其狀"。而從這一旁白，也可見宋玉之"賦"神女，完全是依樣畫葫蘆，不是寫他自己親眼所見，而是在楚襄王陳述的基礎上，進行二次書寫，用他賦的語言去描寫楚襄王的口述。

在楚襄王的講述中，神女的出現，是由遠及近，由臉及身："其始來也，耀乎若白日初出照屋樑。其少進也，皎若明

月舒其光。須臾之間，美貌橫生，燁乎如花，溫乎如瑩，五色並馳，不可殫形，詳而視之，奪人目精。其盛飾也，則羅紈綺繢盛文章，極服妙采照萬方，振繡衣，被袿裳。襛不短，纖不長，步裔裔兮耀殿堂。"於是，宋玉也照他這個順序來寫神女的容顏與盛裝：

貌豐盈以莊姝兮，苞溫潤之玉顏。眸子炯其精朗兮，瞭多美而可觀。眉聯娟以蛾揚兮，朱唇的其若丹。素質幹之醲實兮，志解泰而體閒。既姽嫿於幽靜兮，又婆娑乎人間。宜高殿以廣意兮，翼放縱而綽寬。動霧縠以徐步兮，拂墀聲之珊珊。

又因為楚襄王接下來說到神女的"忽兮改容，婉若遊龍乘雲翔。婳被服，侻薄裝。沐蘭澤，含若芳"，宋玉隨之也寫神女的神色表情、舉止動作。他用的還是第一人稱"余"，表明依然是在替楚襄王發言：

望余帷而延視兮，若流波之將瀾。奮長袖以正衽兮，立躑躅而不安。澹清淨其愔嫕兮，性沉詳而不煩。

而後楚襄王說神女"性和適，宜侍旁。順序卑，調心腸"，意思是她溫柔端莊，懂得人和人之間要有尊卑，能做賢內助，但楚襄王用的是一套概念化的評語，宋玉複述的時候，將它們文學化了，轉寫成了神女主動向楚襄王示愛的表情和動作：

> 時容與以微動兮，志未可乎得原，意似近而既遠兮，若將來而復旋。褰余幬而請御兮，願盡心而惓惓。

楚襄王的講述到這裏為止，可是宋玉的"賦"並沒有結束，他還是繼續以楚襄王的口吻，接着講楚襄王與神女戀愛的過程：

> 懷貞亮之潔清兮，卒與我乎相難。陳嘉辭而云對兮，吐芬芳其若蘭。精交接以來往兮，心凱康以樂歡。神獨享而未結兮，魂榮榮以無端。含然諾其不分兮，喟揚音而哀歎。頩薄怒以自持兮，曾不可乎犯干。

上面這一段，在楚襄王的講述中本來是空白，由於宋玉"賦"的補充，讓人看到楚襄王和神女的戀愛遇到了挫折，神女忽熱忽冷，並沒有像巫山之女那樣慷慨地"願薦枕蓆"，而楚襄王陷入對神女的仰慕，也悲喜不能自控，終於失去"幸之"的機會，又好像還冒犯了神女。

當然，畢竟是有過"陳嘉辭而云對"，"精交接以來往"的愉快交流，所以，最後宋玉以楚襄王的口吻寫道：在神女"搖佩飾，鳴玉鸞，整衣服，斂容顏。顧女師，命太傅，歡情未接，將辭而去"時，楚襄王望着她依依不捨的那張臉，"似逝未行，中若相首。目若微眄，精彩相授。志態橫出，不可勝記"，心中也如翻江倒海，特別後悔沒來得及好好同她告別，"禮不遑訖，辭不及究，願假須臾，神女稱遽"。等到神女走後，他更是"迴腸傷氣，顛倒失據。闇然而暝，忽不知處"，並且因為無人訴說，輾轉難眠："情獨私懷，誰者可語。惆悵垂涕，求之至曙。"

從現存《神女賦》看，一直到"求之至曙"，是宋玉以賦的形式描寫的楚襄王邂逅神女的過程。宋玉的描寫，比他記錄的楚襄王口述要更完整，證明他在賦的寫作能力方面，值得楚襄王託付。

四

《神女賦》是由楚襄王和宋玉的對話構成，它只有不多幾句話交待這兩個人談話的場景，絕大部分篇幅都是在記錄兩個人談話，而談話的內容，是說夢。由於楚襄王"寐而夢之，寤不自識"，即他做夢醒來後，發現自己已經不太記得夢中的情形，可是又很不甘心將夢遺忘，於是告訴宋玉，要宋玉用他擅長的賦的文學語言將自己的夢記錄在冊。

關於夢的記錄，早在甲骨卜辭中已經可以見到，比如殷王武丁（貞王）做夢，每當夢到自己的妻妾，醒來後就要去占卜，問一問吉凶[13]，因此，留下了不少"夢妻""夢妾""夢帚（婦）"的記錄。據說武丁有好幾個妻子，分別來自周、秦、楚、杞、姜、鄭等地[14]，不知道為甚麼他夢見她們，都以為是噩夢，不吉利。

《左傳》中也有夢的記載，比如宣公三年（前606）的記載中就說，有一個叫燕姞的女子，做夢夢到祖上賜予她蘭，然後，鄭文公就真的帶了蘭來，兩個人到了一起，生下後來的鄭穆公，就取名為蘭：

初，鄭文公有賤妾曰燕姞，夢天使與己蘭，曰："余為伯鯈。余，而祖也。以蘭有國香，人服媚之如是。"既而文公見之，與之蘭而御之。辭曰："妾不才，幸而有子，將不信，敢徵蘭乎？"公曰："諾。"生穆公，名之曰蘭。[15]

又比如昭公十一年（前 531）的記載，説在泉丘這個地方，有一個女子夢到自己在孟氏家廟做事情，她相信這是與孟氏有緣，便帶了女朋友一起跑上門，找到孟僖子，然後與孟僖子生了兒子：

孟僖子會邾莊公，盟於祲祥，修好，禮也。泉丘人有女，夢以其帷幕孟氏之廟，遂奔僖子，其僚從之。盟於清丘之社，曰："有子，無相棄也。"僖子使助蓮氏之簉。反自祲祥，宿於蓮氏，生懿子及南宮敬叔於泉丘人。其僚無子，使字敬叔。[16]

燕姞和泉丘之女做的也都是和婚姻有關的夢，但是好夢，都得到應驗，因此也被記錄在冊。

古人認為夢與現實有關，有預言的性質，他們也就把夢記下來，但是這樣的記錄，差不多等於記事，記的是他們心中的另外一種真實。儘管《左傳》記載燕姞的祖上和她、她和鄭文公的對話，又記載泉丘之女的言談舉止，都相當簡潔而生動，可那到底是一種記事語言，並沒有經過文學性的渲染。

　　從這一點來看宋玉的《神女賦》，就可以了解普通記事和文學書寫，筆法有甚麼不同。在《神女賦》中，宋玉首先記下楚襄王的口述，隨後再用自己賦的語言，將楚襄王口述的內容重新描寫一遍，這種兩次敍寫的目的，其實是要讓讀者看明白，如果說記下楚襄王的說夢，可以叫作“寫實”，那麼，記下他用賦的語言進行的重複描述，就不是寫實，而是對寫實的“描寫”，即二度書寫。對寫實的描寫，就是用語言描寫語言，靠的是語言型塑構造的能力以及基於語言的凌空蹈虛的想像力，而這才是創造文學。

　　在《神女賦》中，宋玉便是用他賦的語言，構建了從“襄余幬而請御兮”到“求之至曙”這一段情節，同時，也將楚襄王對神女的一些抽象化評論，如“瓌姿瑋態，不可勝讚”，如“性和適……調心腸”等，變成了想像中具有活力的形象，如“若翡翠之奮翼”，如“毛嬙鄣袂，不足程式，西施掩面，比之無色”等。如果將楚襄王的口述與宋玉的描寫放在一起加以比較，就可以清楚看到，宋玉是怎樣在用他賦的語言，創造性地描繪並轉譯了楚襄王的語言，也正是靠着他的這種描繪和轉譯，才讓《高唐賦》《神女賦》成了與單純記事完全不同的文學。

圖 4　戰國中晚期《人物龍鳳帛畫》

五

　　當曹植走在洛河邊，想到"宋玉對楚王説神女之事"，他指的就是《高唐賦》《神女賦》所記錄宋玉和楚襄王的對話。但是，有兩點值得注意：

　　一是在前後相續的宋玉這兩篇賦裏，事實上是有兩個楚王、兩個神女。一個是楚懷王遇到的巫山之女，巫山之女"願薦枕蓆"，楚懷王因而"幸之"；還有一個是楚襄王遇到的雲夢神女，雲夢神女在"歡情未接"時就告辭，留下楚襄王獨自"迴腸傷氣"，因此，"宋玉對楚王説神女之事"，也是情節不同的兩件事。很難説曹植當時想到的是哪一個楚王、哪一個神女、哪一個版本的神女之事；又或是兩個楚王、兩個神女、兩次相遇。

　　二是宋玉的兩篇賦都以對話方式寫成，都記錄了楚襄王要求宋玉"為寡人賦之"，説明在楚襄王眼裏，宋玉正是一位善於寫賦的作家，這是他讓宋玉用賦這個體裁來描寫他自己夢的原因，結果使這兩篇賦都保留了兩種語言。在《高唐賦》的前半，宋玉回答楚襄王關於"朝雲"的問話，講楚懷王和巫山之女相遇，用的是普通記述語言，而後半部分，宋玉為楚襄王"賦"高唐，便改成了賦的文學語言。《神女賦》也是一樣，它的前半部分是楚襄王自述夢境，用了普通的敍事語言，後半部分由宋玉"賦"之，便改成了文學語言。由此，這兩篇賦都是賦中有賦，既有普通語言寫成的段落，也有賦的文學語言寫成的段落，很難説浮現在曹植腦海中的是哪一個片段，是普通語言還是文學語言，又或是兩種語言交錯。

　　而這就涉及文學的影響與傳承。過去的文學傳統在後來的生根開花、發揚光大，往往並不都能找到一一對應的關係，不是那麼刻板的關係。影響不是謄寫，傳承也不是翻刻。真正的影響和傳承，大多是在一種瀰漫而混沌的狀態下，雷霆萬鈞，一瀉千里。

註釋

1　王逸的《楚辭章句》，見於洪興祖撰《楚辭補註》，補註即是補王逸註。

2　游國恩《先秦文學・宋玉及其他作者》，轉引自《游國恩楚辭論著集》第三卷，231—232 頁，中華書局 2008 年。

3　陸侃如、馮沅君《中國文學史簡編》39 頁，作家出版社 1957 年。

4　胡念貽《宋玉作品的真偽問題》，《文學遺產增刊》1 輯，作家出版社 1955 年。

5　銀雀山漢墓竹簡整理小組編《銀雀山漢墓竹簡 2》叁《唐勒》123 頁，文物出版社 2010 年。

6　宋玉《高唐賦》，引自《六臣註文選》卷十九。

7　參見聞一多《高唐神女傳説之分析》，載《聞一多全集》1，87、108 頁。

8　江淹《別賦》李善註，見《六臣註文選》卷十六。

9　江淹《雜擬詩・潘黃門岳》李善註，見《六臣註文選》卷三一。

10　李善註，見《六臣註文選》卷一九。

11　《隋書》（中華書局點校本）卷三五《經籍志》著錄有"楚大夫《宋玉集》三卷"。

12　宋玉《神女賦》，引自《六臣註文選》卷十九。

13　胡厚宣《殷人占夢考》，收入其《甲骨學商史論叢初集（外一種）》上 333 頁，河北教育出版社 2002 年。

14　胡厚宣《殷代婚姻家族宗法生育制度考》，收入其《甲骨學商史論叢初集（外一種）》上，133頁。

15　楊伯峻《春秋左傳註》674頁，中華書局2016年。

16　楊伯峻《春秋左傳註》1324頁。

之艷也御者對曰臣聞河洛之神名
曰宓妃則君王之所見無乃是乎其狀
若何臣願聞之余告之曰其形也翩若
驚鴻婉若游龍榮曜秋菊華茂
春松髣髴兮若輕雲之蔽月飄颻兮
若流風之迴雪遠而望之皎若太陽
升朝霞迫而察之灼若芙蕖出淥波
穠纖得衷脩短合度肩若削成腰

《洛神賦》的結構

——對話體以及兩種語言

　　曹植寫《洛神賦》，按照他自己在序裏面講到的，一方面
是基於有關宓妃的傳說，一方面是受宋玉《高唐賦》《神女賦》
的啓發。受宋玉賦的啓發，表現在《洛神賦》首先也採用了對
話體，整個賦，都是在"余"和"御者"的對話中展開，其次
是使用了兩種語言，一為普通的敍述語言，一為賦的文學語
言。這就造成了《洛神賦》的基本結構。

　　《洛神賦》全文大約 906 個字，前面是 42 個字的《序》，
交待寫作緣起：

　　　黃初三年，余朝京師，還濟洛川。古人有言，斯
　　水之神，名曰宓妃，感宋玉對楚王説神女之事，遂作
　　斯賦，其詞曰。[1]

　　這段第一人稱的敍述，用的是普通敍述語言。"余"在
這裏似乎代表作者本人，好像是寫實，但是"黃初三年，余朝
京師"的説法，與《三國志》等記載的黃初三年歷史不合，如
果相信史書的記載，在這一年，曹植不可能"朝京師"。由此

可知，這一段寫實，是實中有虛，"黃初三年"是刻意寫錯一個年份，意在提醒讀者，這絕非紀實，而"余"也不完全是作者本尊。

從"其詞曰"以下進入正文，賦也轉為文學語言。為了分析的方便，以下將賦分成五個段落[2]。

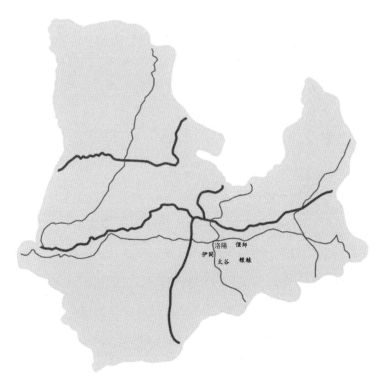

圖 5　三國魏司州示意圖

二

《洛神賦》的正文，還是用第一人稱敍述。"余從京域，言歸東藩"，從這裏開始，《洛神賦》用了50個字，說明從洛陽出來走的路，還有走到洛河邊上的時間：

> 背伊闕，越轘轅，經通谷，陵景山。日既西傾，車殆馬煩。爾乃稅駕乎蘅皋，秣駟乎芝田，容與乎陽林，流眄乎洛川。（42字）

從這裏可以看到，"余"離開洛陽，是向東走，因而伊闕（今洛陽南）是在身後，離得越來越遠。經過通谷（又寫作"大谷"，在今洛陽東南），再到轘轅（今偃師南），這就登上了一個高坡。伊闕、通谷、轘轅，都是在洛陽周圍，張衡在《東京賦》中已寫到過，洛陽有"太谷通其前"，又"回行道乎伊闕，邪徑捷乎轘轅"[3]，意思是太谷在洛陽的東南邊，而出了洛陽南門，便可見伊闕，再往東走，就是轘轅。根據《後漢書》的記載，漢靈帝中平元年（184），在通往洛陽的道路關口設置有八關都尉，八關當中也有伊闕、大谷、轘轅[4]。

這些都說明《洛神賦》寫"余"所走這一段路，是紀實，可是距離洛陽較遠的轅轅，被寫在通谷前面，這又是一種有意的錯置，是文學筆法，正如張衡的《東京賦》也並不是按照以洛陽為中心的實際地理順序來寫，都是實中有虛，是文學性的描寫。

從洛陽出發，跋山涉水走了一整天，這裏僅僅用了 28 個字，就寫到傍晚時分，停車下馬，趁着放馬餵草的功夫，"余"在林中漫步，眼前是流淌不息的洛河。在這裏，迅速切入正題：

於是精移神駭，忽焉思散。俯則未察，仰以殊觀。睹一麗人，於岩之畔。（26 字）

這裏說從山坡上俯瞰洛河，心情豁然開朗，而就在這一剎那，抬頭望見山崖邊有個美麗的姑娘。"睹一麗人，於岩之畔"八個字，在這裏既是寫實，又不是寫實，對熟悉《詩經》的人來說，這個麗人，就彷彿《秦風·蒹葭》中"所謂伊人，在水一方"的伊人，她的出現，注定是要帶來一場戀愛。所以，當"余"看見麗人後，馬上抓住"御者"也就是車伕，向他求證：

爾乃援御者而告之曰：“爾有覿於彼者乎？彼何人斯，若此之豔也！”

御者對曰：“臣聞河洛之神，名曰宓妃，則君王之所見也，無乃是乎？其狀若何？臣願聞之。”（58 字）

這是“余”和御者的對話，御者自稱為“臣”，而稱“余”為君王。但是，這裏有一個奇怪的現象，明明御者和“余”同行，可是他好像沒有看見麗人，只是提供了“河洛之神，名曰宓妃”這一傳聞的線索，然後是請求“余”為他描述：“其狀若何？臣願聞之。”這讓人不禁聯想到在宋玉的《高唐賦》《神女賦》裏，曾經是楚襄王要求宋玉“試為寡人賦之”，而《洛神賦》裏的“余”，好像就是宋玉賦中“宋玉”這個角色。如果從這個角度理解，那麼，“余”將要對御者講述的，自然也是他者而不是“余”的經歷，就像宋玉是代楚襄王而言。

不過，《洛神賦》也不是這麼簡單，它是用了宋玉賦一樣的對話體，可是它改變了對話人物的身份。《洛神賦》中的“余”，是既能作賦，又為君王，差不多就是宋玉和楚襄王的合體。當然，這一點恰好符合曹植的身份以及他的自我認知，他是雍丘王，同時是自視極高的詩賦作家[5]，所以，看起來

"余"又很像作者本人,"余"將要講述的似乎也是曹植自己的經歷。

這正是《洛神賦》令人迷惑的地方,讀者對它寓意的爭辯,"感甄"說也好,"思君"說也好,無一不是由這裏產生。在第一人稱的作品中,作者與作品人物之間的那種若即若離、藕斷絲連的關係,常常使讀者陷入迷陣,看不清真實世界和文學世界的邊界在哪裏。而在《洛神賦》中,只有"御者"這個人物能夠打破迷障,因為從上述"余"和御者的對話可以看到,這兩個一路同行的人,好像並沒有處在同一空間,所以,"余"邂逅麗人,御者對此卻毫不知情,要由"余"來講述,這當然不合邏輯。因此,御者的存在,更像是只為了引出"余"的回答而被刻意設計出來的人物,這樣就能使《洛神賦》也成為宋玉賦那樣的對話體。

既然"御者"這個人物是被設計的,那麼,與他構成對話關係的"余",又何嘗不是被設計的?"余"絕不是作者。

《洛神賦》全文至此,用了大約 136 個字,在君王和御者的簡單對話中,洛神宓妃就呼之欲出。

三

應御者要求，"余告之曰"，以下便是"余"對御者講述自己見到的麗人，"其狀若何"。講述大體是按照由遠及近、由外而內、由靜至動的順序：

其形也，翩若驚鴻，婉若遊龍，榮曜秋菊，華茂春松。彷彿兮若輕雲之蔽月，飄颻兮若流風之迴雪。遠而望之，皎若太陽升朝霞，迫而察之，灼若芙蕖出淥波。（59字）

穠纖得中，修短合度。肩若削成，腰如約素。延頸秀項，皓質呈露。芳澤無加，鉛華不御。雲髻峨峨，修眉聯娟。丹脣外朗，皓齒內鮮。明眸善睞，靨輔承權。瑰姿豔逸，儀靜體閑。柔情綽態，媚於語言。奇服曠世，骨像應圖。（80字）

這裏，首先是用了飛鳥和遊龍這樣的動物、秋菊和春松這樣的植物，還有像雲中的月亮、風中的雪花以及朝陽初升、芙蓉出水等自然界變化，都是抓住了自然界在變化中最美的那一瞬間，用它們來形容麗人的驚人之美，這些都是比喻，是純粹的文學描寫。然後，正面寫麗人的身材，如何高矮胖瘦適中，肩是削肩、腰是細腰，脖子修長光潔，髮髻也攏得高高的，圓圓臉上有細長的眉毛，紅唇白齒，眼睛閃閃亮，溫柔嫻雅，高貴端莊。

　　這一段 139 個字的鋪陳，寫得很有激情，也有耐心，前面像潑墨大寫意，後面像工筆畫。而接着"奇服曠世"這一句，接下來再講到麗人的穿戴，說她佩戴的都是珍貴首飾，腳下有一雙繡了遠遊圖案的鞋，還披着一件薄薄的外套。隨着她腳步移動，裙裾飄飄，就彷彿輕雲薄霧：

　　　　披羅衣之璨兮，珥瑤碧之華琚。戴金翠之首飾，
　　綴明珠以耀軀。踐遠遊之文履，曳霧綃之輕裾。　（37 字）
　　微幽蘭之芳藹兮，步踟躕於山隅。　（13 字）

　　到這裏，講的都是"余"看見麗人在山下獨自徘徊，宛如幽蘭。而其中說到她"踐遠遊之文履"，又不免讓人想起曹植有一首樂府詩，就叫《遠遊篇》，寫的是一個"遠遊臨四海"的人，到了有"仙人翔其隅，玉女戲其阿"的嵯峨神嶽以後，便發表"崑崙本吾宅，中州非我家"的豪言壯語[6]。這首詩說明，在曹植的心目中，"遠遊"這一壯舉，其目的地也還是在

崑崙。因此，這裏講麗人穿的是有遠遊圖案的鞋，那或許不是閒來之筆，而是一種隱喻，暗示她和崑崙有關。

就在"余"靜靜欣賞麗人的這一刻，突然見她縱身一躍，一邊跑一邊玩兒，高興得不得了，在一片彩旗的拱衛下，還挽起袖子，伸手到急流中去摘靈芝：

於是忽焉縱體，以遨以嬉。左倚采旄，右蔭桂旗。攘皓腕於神滸兮，採湍瀨之玄芝。（31字）

從"其形也"到這裏，"余"向御者講述自己見到的麗人，總共用了220個字。在這一講述過程中，可以看到給作者帶來靈感的，確實像《洛神賦序》所講是參考了許多有關宓妃、神女的過往言說。

四

　　首先對麗人的描寫，很明顯就是受到宋玉賦的影響。如果說屈原在《離騷》中寫宓妃"保厥美以驕傲"，可是他並沒有寫出她到底是怎樣美，要到了宋玉筆下，巫山之女和雲夢神女才有了具體可見的形象，那麼，《洛神賦》正是吸取了宋玉專注於女性形象的這種寫法，用了幾乎佔整個賦四分之一的篇幅，細緻入微地來寫麗人的身形樣貌。同時，在這一整篇賦中，又只有麗人這唯一的女主角，這也是顛覆了從《離騷》到漢賦，都不過是將宓妃以及玉女、青琴、西王母等女性當成一個點綴的態度。

　　此外，《洛神賦》對麗人的描寫，也很依賴於宋玉賦的那一套修辭，就像它寫麗人"婉若遊龍""華茂春松""皎若太陽升朝霞"，而又有"修眉聯娟""丹唇外朗""明眸善睞"，這些比喻和描繪，在《高唐賦》形容巫山之女，說她"其始出也，嘒兮若松榯；其少進也，晰兮若姣姬"，在《神女賦》形容雲夢神女，說她"其始來也，耀乎若白日初出照屋樑。其少進也，皎若明月舒其光"；"婉若遊龍乘雲翔"；"眸子炯其精朗兮，瞭多美而可觀。眉聯娟似揚蛾兮，朱唇的其若丹"的時候，就已經都用過。而《洛神賦》中的麗人，"披羅衣之璀璨""曳霧綃之輕裾"，這一種爛漫而輕盈的形象，也應該是來自於《神女賦》中"動霧縠以徐步"的雲夢神女，麗人"瑰姿豔逸，儀靜體閒"的雍容氣度，更是與"志解泰而體閒。既媔嬥於幽靜兮，又婆娑乎人間"的雲夢神女相彷彿。

最後，《洛神賦》還說麗人"骨像應圖"，這也正是《神女賦》對雲夢神女"骨法多奇，應君之相"的評價，後者說的是雲夢神女相貌不凡，完全配得上楚襄王，前者當然也是指麗人堪與君王相配。骨像、骨法，都是相術用語，據說在東漢，八月時的洛陽，往往要從 13 歲到 20 歲的"良家童女"中，選出"姿色端麗，合法相者"，帶回後宮，經過考驗，決定能否"登御"，這類選拔都要有相工參與[7]。所謂"合法相者"，跟"骨法多奇，應君之相"或"骨像應圖"是一個意思，這不是一般意義上的判別美醜，而是在審美中講政治、講道德。曹植自然是相信這一套的，他有一篇《相論》，就講到"堯眉八彩，舜目重瞳，禹耳叁漏，文王四乳"[8]，意思是聖人天生與普通人長得不同，他在這裏說麗人"骨像應圖"，當然也是要強調這位麗人很適合做君王后妃。

而除了宋玉賦的影響之外，《洛神賦》的寫作還受到漢代賦家的影響。比如，司馬相如在《上林賦》中描寫宓妃和青琴，是從她們的氣質"絕殊離俗"寫起，然後寫到她們的衣品，是"與世殊服"，再寫到她們的容貌，是"皓齒粲爛，宜笑的皪，長眉連娟，微睇綿藐"，這樣從外向內地刻畫女性形象，頗有順序，而以看到潔白的牙齒帶出她們的笑容，看到長長的眉毛帶出她們深情的目光，這種寫法也相當凝練傳神。後來，張衡在《思玄賦》中寫宓妃和玉女，也是這樣，以丹唇襯托笑容，"離朱唇而微笑"，以蛾眉襯托目光，"增嬋眼而蛾眉"，以細腰襯托身材，"舒妙婧之纖腰兮"。這些技巧，都為《洛神賦》所繼承，所以讓麗人的形象，也是由遠及近、由外向內、由靜至動，非常有序地一層層建立起來，比起宋玉賦中的巫山之女、雲夢女神，更清晰，也更生動。

張衡曾作《七辯》，曹植寫《七啟》時，明確講到他就是追隨枚乘的《七發》、傅毅的《七激》以及張衡的《七辯》等[9]，這也證明了張衡的辭賦，的確是曹植模仿的對象。在《七辯》中，張衡是藉闕丘子之口，在無為先生面前侃侃而談女性有多美，目的在於說服無為先生放棄他的隱居生活。據闕丘子說，有貌比西施的女性亦即"西施之徒"：

……姿容修嫮。弱顏回植，妍誇閒暇，形似削成，腰如束素，淑性窈窕，秀色美豔。鬢髮玄鬢，光可以鑒，

靨輔巧笑，清眸流眄，皓齒朱唇，的皪燦練。於是紅華曼理，
遺芳酷烈，侍夕先生，同茲宴瘱，假明蘭燈，指圖觀列，
蟬綿宜愧，夭紹紆折。此女色之麗也。[10]

在這一段對女性的描述中，像"形似削成，腰如束素"，
像"靨輔巧笑，清眸流眄。皓齒朱唇，的皪燦練"，這些句式，
後來都出現在《洛神賦》裏面。甚至《洛神賦》講到麗人"忽
焉縱體，以遨以遊"，"縱體"這個詞，很可能也是來自張衡
的《西京賦》，《西京賦》中有一段對舞者的描寫，它形容舞者
在音樂的伴奏下，引身向上，很像是受了驚的鶴，振翅欲飛：
"始徐進而羸形，似不任乎羅綺。嚼清商而卻轉，增嬋娟以此
豸。紛縱體而迅赴，若驚鶴之羣罷。"[11]《洛神賦》大概就是從
"紛縱體而迅赴"這一句，截取了"縱體"兩個字，以此來說
明麗人體態輕盈，又體能充沛，正如飛鶴一般。

根據《三國志‧陳思王傳》記載，曹植年少時曾"誦讀
《詩》《論》及辭賦數十萬言"[12]，可見他的創作，是在大量閱
讀、記誦前人詩賦基礎上進行的，在這些前人的詩賦當中，
應該就包括有屈原、宋玉、司馬相如、揚雄、張衡等人的作
品。曹丕在《典論》中曾對屈原、司馬相如的辭賦作比較，
說："或問屈原、相如之賦孰愈，曰：優遊案衍，屈原之尚也，

窮侈極妙，相如之長也。然原據託譬喻，其意周旋，綽有餘度，長卿、子雲，意未能及也。"[13] 這也證明了他們兄弟對這些作家的辭賦有過很深的鑽研，是在對前人的學習、模仿中，進行自己的寫作實踐並建立起自己的風格，再來同前輩作家比賽。所以，就像在以上的對照中看到的，《洛神賦》寫"余"邂逅的這個麗人，並不是以哪一個現實中的人物為原型，不是某一個特定對象的寫真。在曹植寫作的那個時代，對女性的描寫，已經有了相當固定的程式，他只不過是藉用了其中一部分套路、修辭，有的是直接照搬，有的也經過他改造，由此，既可以說這個麗人是脫胎於巫山之女、雲夢女神，但又比宋玉筆下的女神，多了一點漢代辭賦所賦予宓妃等女性的特徵，這讓麗人的形象更加鮮明、豐潤，比宋玉賦所寫又要更勝一籌。

五

　　被突然出現的麗人打動，激情難抑，在還沒有找到媒人之前，"余"便向麗人直接表白，而麗人也是通詩禮、有教養的人，迅速理解，配合默契，並且給予承諾：

　　　　余情悅其淑美兮，心振盪而不怡。無良媒以接歡兮，託微波而通辭。願誠素之先達兮，解玉佩以要之。嗟佳人之信修，羌習禮而明詩。抗瓊珶以和予兮，指潛淵而為期。　（64字）

　　可是，"我"又想到了鄭交甫，他是遇見江妃二女，定情之後又被拋棄[14]，想到他，"我"便無法心安，思慮再三，最終決定守住禮這道防線：

　　　　執眷眷之款實兮，懼斯靈之我欺。感交甫之棄言兮，悵猶豫而狐疑。收和顏而靜志兮，申禮防以自持。（39字）

　　這一段，仍然是"余"在向御者講述。從對麗人一見鍾情，也得到麗人認可，兩個人敞開心扉，交換定情的禮物，到"我"突然心生疑慮，害怕被拋棄，瞻前顧後，到最後克制住感情的衝動，宣佈中止交往，講述這一過程，前後只用了103 個字，便將這一心情的轉變中那最曲折幽深的部分勾勒出來。

而特別值得注意的是，在宋玉的《神女賦》中，雲夢神女和楚襄王的決裂，是由神女發起，是她率先有了"顤薄怒以自持兮，曾不可乎犯干"的表態，可是在《洛神賦》裏面，首先示愛的是"余"，先要斷交的也是"余"，突顯"余"在這一場邂逅中主體性更強，同時也符合第一人稱的敍述邏輯，畢竟敍事者是"余""我"，在這裏道出"余""我"的心理轉變，也比較自然。但是必須要承認，這個"余""我"，只是賦中的君王這個角色，並不等於作者曹植。

六

　　接下來，是"余"對御者繼續講述麗人的反應，在"余"宣佈斷交之後，她是如何驚詫、失望。在前面 4-2（第四章第二節，以下同）的段落，御者推測君王見到的麗人，可能就是傳說中的河洛之神宓妃，可是在"余"的講述中，卻始終沒有出現"宓妃"這個名字。此前，"余"稱她為"麗人""佳人"，此後便稱她"洛靈"，洛靈當然就是洛神：

　　　　於是洛靈感焉，徙倚彷徨，神光離合，乍陰乍陽。竦輕軀以鶴立，若將飛而未翔。踐椒塗之郁烈，步蘅薄而流芳。超長吟以永慕兮，聲哀厲而彌長。（55 字）

　　這裏講洛靈一旦敏感到"余"有所狐疑、後悔，她一開始是有點茫然，不知所措，然而很快就像鶴一樣振翅欲飛，一面發出悠長凄厲的鳴叫。接下來，洛靈邊舞邊唱，而各路神靈也紛至沓來，有的在水中，有的在陸地；有的採明珠，有的撿羽毛，"余"看着她們，眼花繚亂、目不暇接：

　　　　爾乃眾靈雜沓，命儔嘯侶，或戲清流，或翔神渚，或採明珠，或拾翠羽。從南湘之二妃，攜漢濱之遊女，歎匏瓜之無匹，詠牽牛之獨處，揚輕袿之綺靡，翳修袖以延佇。體迅飛鳧，飄忽若神，凌波微步，羅韈生塵。動無常則，若危若安，進止難期，若往若還。轉眄流精，光潤玉顏，含辭未吐，氣若幽蘭。華容婀娜，令我忘餐。

（118 字）

眾靈之中有"南湘之二妃"和"漢濱之遊女"，所謂南湘之二妃，在東漢以來的傳說中，就是指堯的女兒娥皇、女英，也就是湘娥、湘夫人[15]，又所謂漢濱之遊女，典出《詩經》的《周南・漢廣》："南有喬木，不可休思。漢有遊女，不可求思。"是指為詩人追求的漢水之濱的女性。《洛神賦》寫洛靈同她們在一起，當然因為她們同是水中女神，又都是單身，所以，會在一起唱匏瓜無偶、牽牛獨處那樣的歌。

這一段總共 173 個字，仍然圍繞洛靈，講"我"在理智上已決定要放棄她，可又被她的舞姿歌聲以及她楚楚動人的樣子一再擊中，情感上難以割捨。

不過，再難割捨也要割捨。因為為洛靈護駕的雨師風神、河伯女媧都來了，接她的車子也到了，是一個有六龍在前、鯨鯢在側而又有水鳥在空中盤旋的豪華陣容：

於是屏翳收風，川后靜波，馮夷鳴鼓，女媧清歌，騰文魚以警乘，鳴玉鸞以偕逝。六龍儼其齊首，載雲車之容裔，鯨鯢躍而夾轂，水禽翔而為衛。（54字）

從"爾乃眾靈雜遝"到這裏，講的都是"我"見到的洛靈在她神仙世界中的樣子，自由自在而又高貴。

接下來，是講洛靈快要離開的時候，依依不捨，說她願意以身相許，又說她希望"余"不要將她忘記，一面流淚一面傾訴，可是也並沒有停下腳步：

於是越北沚 ·過南岡 ·紆素領 ·回清陽。動朱唇以徐言，陳交接之大綱。恨人神之道殊，怨盛年之莫當。抗羅袂以掩涕兮，淚流襟之浪浪。悼良會之永絕兮，哀一逝而異鄉。無微情以效愛兮，獻江南之明璫。雖潛處於太陰，長寄心於君王。（89字）

在《神女賦》中，宋玉寫雲夢神女離開以前，"於是搖珮飾，鳴玉鸞，整衣服，斂容顏，顧女師，命太傅。歡情未接，將辭而去。遷延引身，不可親附。似逝未行，中若相首，目略微眄，精彩相授，志態橫出，不可勝記"，他是用了大概60個字，來表現神女的端莊克制可是又戀戀不捨的樣子，而在

《洛神賦》這裏，曹植寫洛靈的告別，是從"洛靈感焉"開始，總共用了 316 個字，一路鋪陳，既表現洛靈面對"余"的畏縮，雖然惱怒卻也無奈，這是一個"人"的反應，又引出眾神來烘托她的神性，説明洛靈似乎是人，但終究是"神"，這又自然導出了在"余"和洛靈之間畢竟"人神之道殊"的結論。

有一個小小的細節，也許值得在這裏提起。在宋玉的《高唐賦》裏，由於巫山之女對楚懷王表示"願薦枕蓆"，楚懷王因而"幸之"，隨後巫山之女便化成了"朝雲"。可是，到了《神女賦》中，雖然雲夢女神也曾主動示愛，"襄余幬而請御兮"，但她很快變得怒氣沖沖，"歡情未接，將辭而去"，這讓楚襄王想有他父親那樣豔遇的願望落了空。這是兩種不同的情節，而《洛神賦》顯然是接受了《神女賦》，在洛靈離別前，她對"我"即君王"陳交接之大綱"，這跟"願薦枕蓆"的意思是一樣，但是她説了這個話，人卻沒有留下來，所以"君王"和洛靈的交往，也只是精神上的往來。

以上都是"余"應御者"臣願聞之"的請求，向他講述自己邂逅麗人 / 洛靈的過程。前面 4-3 的段落，主要描繪作為一個人的麗人，可是她的突然出現又有點像神，後面 4-6 的段落，主要描繪作為一個神的洛靈，可是她的心理又很接近人。這種有實有虛、虛實相間的寫法，當然是文學，而非紀實。

七

最後一段，是對 4-2 的呼應，以第一人稱，講述洛靈離開後，"吾"忽然不知其所在，無限惆悵，又很放不下捨不得，於是乘船去追，越追越遠，竟然忘了自己原來是要去哪裏：

> 忽不悟其所捨，悵神宵而蔽光。於是背下陵高，足往心留，遺情想像，顧望懷愁。冀靈體之復形，御輕舟而上溯，浮長川而忘返，思綿綿而增慕。夜耿耿而不寐，霑繁霜而至曙。命僕伕而就駕，吾將歸乎東路。攬騑轡以抗策，悵盤桓而不能去。 （91 字）

這裏說"夜耿耿而不寐"，用的是《詩經》中《周南·關雎》的典故，所謂"求之不得，寤寐思服。悠哉悠哉，輾轉反側"，表現的是失戀男子的悵惘。宋玉在《神女賦》裏面，寫楚襄王最後也是"迴腸傷氣，顛倒失據。黯然而暝，忽不知處。情獨私懷，誰者可語。惆悵垂涕，求之至曙"。《洛神賦》的這個結尾，顯然受到《關雎》和《神女賦》的啓發，似乎是在寫實，寫"吾"的情緒仍留在這場邂逅中，一時難以自拔，但更多的是抒情，這份情，已經被過去的詩賦寫過很多次，在甚麼情境下需要抒發、如何抒發，都成了一個定式，所以說它既是出自"吾"的內心，又不全是，似實而虛。

只是最後的"吾將歸乎東路"，這一句，又將虛變成了實，是從似實而虛的抒情中回到現實，並且呼應着"余從京域，言歸東藩"這一《洛神賦》的開頭，表明"吾"是要從洛陽往東，向雍丘的方向去。這樣，整個《洛神賦》便又是在看似寫實的風格中結束。

八

最後來完整地看一下《洛神賦》，從上面的分析，可以知道它是一篇虛實相間的賦，正如它有兩種語言，一種是普通敘述語言，一種是賦的文學語言，由兩種語言寫成的賦，也一樣是有實有虛。有實有虛，正是它的基本結構。實，是指《洛神賦》的序以及開頭、結尾，總共約 200 個字的部分，講到時間、地點，都是紀實的。剩下 700 多個字，記錄"余"和"御者"的對話，而這對話的兩個人物，是被設計出來的，他們的談話自然也不是紀實，是虛。而虛在這裏，是意味着文學的模仿及創造。

《洛神賦》的寫作，當然有跟曹植本人相關的背景，他是要藉此表達對現實的認知，也要藉此抒發他自己的情緒，但即便是在表達極為個人的認知與情緒時，曹植也無法避免受前人詩賦的啓發、規範，從語言到文體、從情節到感情，就像他在《洛神賦序》中坦白的，畢竟他還是在一個文學傳統的內部，重新講邂逅神女的故事。但可以肯定的是，他精彩而別具一格的講述，獲得了空前的成功，讓《洛神賦》在千姿百態的女神故事中脫穎而出，成了文學史上一個新的典範。

註釋

1   曹植《洛神賦》，引自《六臣註文選》卷十九。

2   洪順隆《論〈洛神賦〉》（《辭賦論叢》98—127 頁，文津出版社 2000 年）、陳葆真《從遼寧本〈洛神賦圖〉看圖像轉譯文本的問題》（《美術史研究集刊》2007 年）都為《洛神賦》劃分段落，本文吸取他們的辦法，但是出於對賦的結構有不同認識，段落劃分也有所不同。

3   張衡《東京賦》，載《六臣註文選》卷三。

4   范曄《後漢書》（中華書局點校本）卷八《靈帝紀》載中平元年三月，"以河南尹何進為大將軍，將兵屯都亭。置八關都尉官"。唐代李賢等註曰："都亭在洛陽，八關謂函谷、廣城、伊闕、大谷、轘轅、旋門、小平津、孟津也。"

5   參見曹植與楊修書，載《三國志・陳思王傳》註引《典略》。

6   曹植《遠遊篇》，見《樂府詩集》卷六四《雜曲歌辭》四。

7   范曄《後漢書》卷十《皇后紀》。

8   《藝文類聚》卷七五《方術部・相》。

9   見曹植《七啟序》，載《六臣註文選》卷三四。

10 張衡《七辯》，引自《藝文類聚》卷五七《雜文部三・七》。

11 張衡《西京賦》，載《六臣註文選》卷二。

12 《三國志・陳思王傳》。

13 曹丕《典論》，載《北堂書鈔》卷一百《論文》二十，中國書店 1989 年。

14 《洛神賦》李善註引《韓詩內傳》曰：鄭交甫遵彼漢皋台下，遇二女，與言曰願請子之佩，二女與交甫，交甫受而懷之，超然而去，十步循探之，即亡矣，回顧二女，亦即亡矣。（《六臣註文選》卷十九）《太平廣記》（中華書局 1981 年）卷五九引《列仙傳》的江妃故事，謂鄭交甫常遊漢江，見二女，佩兩明珠，交甫不知其神人，以橘盛莒，將流而下，願請女佩，女解佩以與交甫。交甫受而懷之，既趨而去，行數十步，視懷空無珠，二女忽不見。

15　見《九歌・湘君》王逸註，《楚辭章句》64 頁。《後漢書・張衡傳》引張衡《思玄賦》有"哀二妃之未從兮，翩儐處彼湘瀕"，唐代李賢等註引劉向《列女傳》也說"舜陟方，死於蒼梧，二妃死於江湘之間，俗謂之湘君、湘夫人也"。

第五章

攘皓腕於神滸兮采湍瀨之玄芝余
情悅其淑美兮心振蕩而不怡無良
媒以接歡兮託微波而通辭願誠素
之先達兮解玉珮而要之嗟佳人之
信脩羌習禮而明詩抗瓊瑤以和余
兮指潛淵而為期懼斯靈之我欺感交甫之棄言兮
悵猶豫而狐疑收和顏以靜志兮申
禮防以自持於是洛靈感焉徙倚彷

《洛神賦》的寓意
——用多聲部表達守禮

丹脣外朗，皓齒內鮮，明眸善睞，靨輔承權，瓌姿艷逸，儀靜體閑，柔情綽態，媚於語言，奇服曠世，骨像應圖，披羅衣之璀粲兮，珥瑤碧之華琚，戴金翠之首飾，綴明珠以耀軀，踐遠遊履，曳霧綃之輕裾，微幽蘭之芳藹兮，步踟躕於山隅，於是

一

　　《洛神賦序》說"黃初三年，余朝京師"，這裏講與洛神
相遇的故事發生在黃初三年，寫作的時間，自然是寫在這之
後，有可能是黃初四年、五年……而黃初四年，恰好是曹植
朝京師，遭到一連串意外打擊的時候。在洛陽，他先是經歷
了曹彰之死，在為曹彰寫的誄文裏，他是以"二虢佐文，旦奭
翼武"來形容曹彰不可替代的地位，在魏文帝領導的事業中，
就好像是輔佐周文王的虢仲和虢叔，也好像是輔佐周武王的
周公和召公，而對於曹彰的突然過世，他說"同盟飲淚，百僚
諮嗟"，他自己則是恨不能與其同赴生死："刉我同生，能不
憯悴。目想官墀，心存平素。彷彿魂神，馳情陵墓。"[1]

　　這無疑是一個艱難的時刻。離開洛陽後，他還寫下一組
《贈白馬王彪》的詩，送給曹彪。其中第一首，寫的是他們那
一天大清早離開洛陽，經過首陽山（今河南偃師市南），傍晚
到達伊、洛河交匯之處，這裏水面開闊，水也更深，想到未
來還有很長的路，不禁回首遙望洛陽，心裏面有無限的哀傷：

　　　　清晨發皇邑，日夕過首陽。
　　　　伊洛曠且深，欲濟川無樑。

泛舟越洪濤，怨彼東路長。

回顧戀城闕，引領情內傷。

第二首寫他們過了大（通）谷關後，遇到洪水災害將道路毀壞，不得不登山改道。這時，已經人困馬乏：

大谷何寥廓，山樹鬱蒼蒼。

霖雨泥我塗，流潦浩縱橫。

中逵絕無軌，改轍登高岡。

修坂造雲日，我馬玄以黃。

第三首說即便馬勉強能行，人的心情沉重，也挪不動腳步。而之所以心情沉重，是由於家人骨肉分離，七零八落，各在一方，洛陽這個地方，也已經為鴟梟、豺狼所佔據。有人專門挑撥離間，讓他們有家不能回：

玄黃猶能進，我思鬱以紆。

鬱紆將難進，親愛在離居。

本圖相與偕，中更不克俱。

鴟梟鳴衡軛，豺狼當路衢。

蒼蠅間白黑，讒巧令親疏。

欲還絕無蹊，攬轡止踟躕。

第四首說雖然洛陽叫人失望，可是到底有親人在那裏，所以，在這個飛鳥歸林、孤獸索羣的秋天夜晚，置身曠野，對它的思念之情，怎麼也揮之不去：

> 踟躕亦何留，相思無終極。
> 秋風發微涼，寒蟬鳴我側。
> 原野何蕭條，白日忽西匿。
> 孤獸走索羣，銜草不遑食。
> 歸鳥赴高林，翩翩厲羽翼。
> 感物傷我懷，撫心長歎息。

第五首從思念親人，感物傷懷，說到天不遂人願，命運不由自己掌握，兄弟曹彰的死，更是讓人感到生命短暫：

> 歎息亦何為，天命與我違。
> 奈何念同生，一往形不歸。
> 孤魂翔故域，靈柩寄京師。
> 存者忽復過，亡沒身自衰。
> 人生處一世，忽若朝露晞。
> 年在桑榆間，影響不能追。
> 自顧非金石，咄唶令心悲。

第六首是接第四首，寫離別親人的悲傷，卻又要説服曹彪跟自己一道振作起來，胸懷更廣大的世界，相信親情一定會戰勝各種距離。不過理智並不能完全克服感情，所以最後兩句又繞了回來，繼續説分離之苦：

　　心悲動我神，棄置莫復陳。

　　丈夫志四海，萬里猶比鄰。

　　恩愛苟不虧，在遠分日親。

　　何必同衾幬，然後展殷勤。

　　倉卒骨肉情，能不懷苦辛。

第七首是接第五首，從曹彰的死，講到人生多變化，沒有甚麼東西會永恆不變：

　　苦辛何慮思，天命信可疑。

　　虛無求列仙，松子久吾欺。

　　變故在斯須，百年誰能持。

　　離別永無會，執手將何時。

　　王其愛玉體，俱享黃髮期。

　　收涕即長途，援筆從此辭。

這次到洛陽，曹植本來以為魏文帝開恩，會讓他們兄弟母子好好團聚，"天啟其衷，得會京畿"[2]，卻不料事與願違，結果是又經歷了一次和親人的死別生離，所以在詩的最後，他告訴曹彪：天命不可信，神仙世界也不可靠，我們只能愛護好自己的身體，平安到老。

漢代人説"詩無達詁"[3]，意思是像《詩經》那樣的詩，都不可能只有一種解釋，因為"詩言志"，"志"是人的內心，人的內心有多複雜，而詩的語言又是那麼含蓄，所以，詩不可能有固定答案。然而，曹植寫給曹彪的這一組五言詩偏偏並不隱晦，面對即將分別的曹彪，曹植傾訴他對洛陽既厭惡又不捨、對親人既失望又思念的心情，同時表示自己會接受現實，好好地活下去，這些情緒、道理都講得非常明白。而這一組詩，現在可以見到最早的，是在東晉孫盛的《魏氏春秋》裏，孫盛在引用它們時，還做了以下説明：

> 是時待遇諸國法峻。任城王暴薨，諸王既懷友于之痛，植及白馬王彪還國，欲同路東歸，以敍隔闊之思，而監國使者不聽。植發憤告離而作詩曰……[4]

由於有孫盛的説明，對這一組詩的解讀，更不曾有分歧。後來，梁昭明太子蕭統編《文選》，也收入了這組詩，唐代李善作註，也還是採用孫盛的說法，以為曹植當時是心中積壓了太多的怨氣和怒氣，才寫了這樣的詩：

黃初四年五月，白馬王、任城王與植俱朝京師，會節氣，到洛陽。任城王薨。至七月，植與白馬王還國，後有司以二王歸藩，道路宜異宿止，意每恨之。蓋以大別在數日，是用自剖，與王辭焉，憤而成篇。

二

　　現在能夠看到最早的《洛神賦》，也是在蕭統編的《文選》中，不過，曹植的這一詩一賦，不是編在一起，不在同一卷。《文選》是一部文學總集，選入梁以前一百多位作家的幾百篇詩文，它不是以作者為綱，而是按照文體和題材分類編排，因此其中的作品，都已經離開了它們的作者及時代，是以一個個獨立文本的形式存在，好比果實離開了樹木，它們原來的寫作背景是甚麼，作者有甚麼樣的動機，這些在原來的語境中可以一目了然的東西，隨着時間的流逝，都模糊起來，對它們的解讀，自然就有了歧義。《洛神賦》也就是這樣，儘管在《洛神賦序》裏，可以看到時間、地點和寫作緣起，這些似乎都是歷史的真實，可是由於賦的主要內容，也就是"余"對"御者"講述的邂逅洛靈的經過，似真非真，似夢非夢，彷彿寓言，是文學書寫而不是紀實，在這一虛實相兼的賦裏，曹植到底要講甚麼，光是讀《文選》的文本，是找不到答案的。

　　更何況在曹植那個時代，就像曹丕對賦這一文體的特徵所做總結，他說"銘、誄尚實，詩、賦欲麗"[5]，意思是銘文、誄文涉及人的生平事實，必須可靠，衡量它們的標準，也是越實在越好，而詩、賦剛好相反，它們應該是華麗的，這個"麗"還不只是說文辭華麗，也指要有豐富的想像力。稱得上"麗"的詩賦，從運思、架構到筆墨、氣韻，都要靠充沛的想像力支撐，才能有凌空蹈虛、超越現實的效果。《洛神賦》算得上是這樣一個華麗之賦的典型。南朝時的一個著名作家沈約就說過："以《洛神》比陳思他賦，有似異手之作。"[6] 他認為就在曹植自己的作品裏面，《洛神賦》也是出類拔萃，比他的其他賦作要好太多，幾乎不像是出於一個人之手。這個評價，大概是那個時代的一種共識，因為《文選》恰好也只選了曹植這一篇賦。可是從另一方面看，《洛神賦》越是出色，這種"麗"的特徵越強，充滿想像，對於後世讀者來說，它的寓意是甚麼，曹植為甚麼要這樣寫，也就越發撲朔迷離。

由於唐代李善註《文選》，針對《洛神賦》，首先提出"感甄"說，這以後的人大多採用"索隱式"的閱讀，也就是從字裏行間勾勒懸索所謂隱藏在文學中的秘事，用這種方法將《洛神賦》與漢末三國時代的人物、事件聯繫在一起，從這裏面揣度曹植的用心，推測他究竟是在影射何人何事，而這種不惜牽強附會地將文學"歷史化"的閱讀，在中國也曾經有過很長的傳統。20 世紀的學者接受現代的文學史觀念，將《洛神賦》解釋為一種"神女"書寫的時代風氣下的產物，這對於改

變 "索隱式" 的詩文閱讀有極大幫助,可是它也有自己的缺陷,主要是因為過分關注外部環境而忽略文本本身,並沒有清楚説明曹植在自己的賦中要講甚麼,難道他在黃初之年的寫作,也只是為了追隨建安文學風氣?可是,就像陳琳寫《神女賦》,講到他在建安二十一年冬隨曹操征討孫權,"濟漢川之清流。感詩人之攸歎,想神女之來遊。儀營魄於彷彿,託嘉夢以通精"[7],這首詩雖然僅剩殘篇,無法據以推斷陳琳為甚麼要寫他在渡漢水時,突然想到詩人詠歎過的神女,不過,從這一片段已可見讓陳琳觸景生情的環境,與曹植後來完全不同[8]。而這也就提醒人注意,要了解《洛神賦》的寓意、宗旨,勢必要回到文本,從文本的分析出發,看曹植在這篇賦中究竟講了些甚麼。

分析文本的方法有許多種,採用甚麼樣的方法,固然與文本自身有關,與看待文本的方式也有極大關係。以下藉用巴赫金在評論陀思妥耶夫斯基時提出的 "複調小説" 理論,將《洛神賦》也當作是一個類似於複調音樂 (polyphony music) 的文本,稱它為多聲部的複調文學[9],或者也可以藉用《莊子》的概念,而視之為 "混沌" 的文學。

三

在前一章分析《洛神賦》的結構時，已知這篇講述"余"和洛靈邂逅的賦，可分五個段落（見 4-2，4-3，4-5，4-6，4-7）。其中，交待"余"離開洛陽而在洛川遇見麗人的 4-2，説明"余"和麗人一見鍾情可是不得不分手的 4-5，講到"余"在洛靈辭別後也回到既定道路上的 4-7，這三段，是推動賦的情節一步步向前發展的部分，是有時間性的；而 4-3 和 4-6 這兩段，主要承擔對麗人／洛靈的靜態描繪，是空間性的。在前三個段落中，4-5 又是情節轉圜的關鍵，可謂中樞，在這一段，曹植寫"余"先是被麗人的淑美震撼，但很快意識到"無良媒以接歡"，於是，一面同麗人互訴衷腸，一面做出了"靜心"守禮的決定。這一場邂逅，因此是在這裏發生了根本性大逆轉，人物之間產生了衝突，而導致衝突、逆轉的原因，也由"余"講得很清楚，就是在"余"／君王和麗人／洛靈之間，"無良媒以接歡"。

如果去看在漢代成書的《儀禮·士昏禮》，會知道士人結婚，原則上要經過納采、問名、納吉、納徵、請期、迎親這幾個步驟，而從納采到請期，也就是從士人向女方家提親到決定婚期，前面的這些事情，都要在"良媒"的協助下完成，這樣才能順利地迎親，最後將新娘子接回家。所以，《洛神賦》在這裏說"無良媒以接歡"，指的就是沒有好的媒人去愛人家提親。那麼能不能不經過媒聘，直接就去相親、迎親呢？當然不能，因為這違背了禮的規定，是"逾禮"。戀愛而不能逾禮，在《洛神賦》中，這還不僅僅是作為君王的"余"單方面的認知，也是習禮明詩的麗人 / 洛靈所想，她後來說"恨人神之道殊"，也是將戀愛不成歸咎於缺乏必要的溝通渠道。這兩個人物心中都有禮，為了恪守禮而選擇分開，所以，守禮才是這一場邂逅故事的核心，它決定了故事的方向、結局，可以說整個賦都是圍繞着守禮在寫，因此，它又是曹植寫《洛神賦》的寓意所在。

婚姻中需要"守禮"這個觀念，事實上曹植在其他作品中也寫到過。他有一篇《潛志賦》，和《洛神賦》很像，開頭有一個小序，在序中，他說寫這篇賦是要代人立言，因為他從旁人口中聽到某人的故事，非常同情，便以賦的形式來替某人抒發心情：

> 或人有好鄰人之女者，時無良媒，禮不成焉，彼女遂行適人。有言之於余者，余心感焉，乃作賦曰。

在接下來賦的正文裏面，也像是在《洛神賦》中一樣，他採用了第一人稱"余"的口吻，替某人講他如何愛上鄰家女孩兒，卻因找不到良媒，只好眼睜睜看着女孩兒嫁給別人：

> 竊托音於往昔，迄來春之不從。思同遊而無路，情壅隔而靡通。哀莫哀於永絕，悲莫悲於生離。豈良時之難俟，痛余質之日虧。登高樓以臨下，望所歡之攸居。去君子之清宇，歸小人之蓬廬。欲輕飛而從之，迫禮防之我拘。[10]

《湣志賦》的內容、寫法，都跟《洛神賦》相似，只不過《洛神賦》寫的是"余"之所見，《湣志賦》寫的是"余"之所聞，可是，所見所聞的故事都差不多，都是一場沒有結果的戀愛，主要是男主人公猶豫彷徨，最終失掉他的愛人。在《湣志賦》裏，某人一面想要破門而出，去追隨女孩兒，一面又為禮約束，不敢從心所欲，"迫禮防之我拘"，這與《洛神賦》中的"余"一面為麗人深深吸引，一面又怕逾禮的戀愛不能持久，"懼斯靈之我欺"，兩個男主角糾結心理是完全一樣的。

曹植還有另外一篇《感婚賦》，講一個年輕人在春天到來時，有了自己心儀的對象，極度歡欣，可是轉眼陷入找不到媒人的憂懼，馬上又變得沮喪：

悲良媒之不顧，懼歡媾之不成。慨仰首而歎息，風
飄搖以動纓。[11]

這個忐忑不安的年輕人，在愛情面前卻步、歎息，同《洛
神賦》中"信振盪而不怡"的"余"，也非常相像。

這兩篇賦的存在能夠證明，首先，"余"邂逅洛靈，並不
是《洛神賦》獨有的故事，曹植在其他賦裏面也曾經寫到；其
次，《洛神賦》不僅僅是根據宓妃、神女的傳說，模仿前人作
品寫成，它有真實生活的依據；最後，在曹植心目中，守禮
是很重要的一個原則，愛情固然可貴，但如果沒有良媒，絕
對不能結婚，這是他在《洛神賦》以及《湣志賦》《感婚賦》等
相近題材的賦作中，反覆申說、一再堅持的。可以說《洛神
賦》的寫作，一方面是仰賴於過去的文學傳統，而另一方面，
則是植根於現實生活，在現實中，曹植是秉持着"守禮"的態
度，這就使得他在講一個看似傳統的神女故事時，由於融入
了自己的閱歷和見解，於是給出了愛情誠可貴而守禮價更高
的答案。

不光在婚姻之事上要守禮，在曹植看來，政治上的守禮
也很重要。他後來在給魏明帝的一份上疏中，甚至將政治上
的貪婪、躁進，也視為是與不經媒聘的戀愛一樣的大忌，說：

夫自炫自媒者，士女之醜行也。干時求進者，道家之明忌也。[12]

這又說明在他的觀念中，禮，既是婚戀中代表着文明的一套媒聘程序，又是政治生活中必須遵守的秩序、規矩。

儘管在《三國志》等歷史記載中，曹植本人不能算是一個循規蹈矩者，年輕時尤其"任性而行，不自雕勵，飲酒不節"，可是在寫作中，他卻經常表現出對禮的重視。就像在《贈白馬王彪》詩中看到的那樣，他能夠從傷心、抱怨，轉為氣餒、妥協，以"王其愛玉體，俱享黃髮期"，最後與曹彪互勉，這種屈服於現狀的態度，也是守禮。

進入黃初年間，曹植人屆中年，身上也減了些少年時的意氣，他越來越意識到在婚姻、政治乃至於日常生活的各個方面，都需要遵守禮的規定，這也是他寫作《洛神賦》時想要說明的道理。

四

不過,《洛神賦》雖然只是要表達"守禮"這個觀念,可它畢竟是一個賦,是一篇複調的文學作品,不是自始至終只有一個聲部,它講"守禮"的道理,也不是那麼直白,手法不那麼簡單。

從整個敍述來看,"守禮"既是《洛神賦》的核心,也是"余"邂逅洛靈這一故事的敍述轉折點:當"余"擺出要守禮的姿態,"余"和麗人一見傾心的戀愛即故事的前半部(4-2,4-3),便戛然而止,轉入後半部(4-6,4-7),講"余"和洛靈的感情如抽刀斷水綿綿不絕。而從這個角度來看,《洛神賦》又似乎是在講情和禮的關係,更值得玩味的是,它的宗旨是守禮,但它論及禮的文字並不多(4-5),反倒是用了更多篇幅去抒情,似乎情,才是它要着力渲染鋪陳的內容。在賦的前半部分,它主要寫麗人如何淑美,激發"余"為她"心振盪而不怡"(4-2,4-3),而在賦的後半部分,它又寫洛靈如何"泪流襟之浪浪",使"余"也更加"思綿綿而增慕"(4-6,4-7),前後這兩個部分總共 600 多字,已經大大超越了 100 來字的講禮的篇幅。對情的這種鋪張描寫,固然能反襯禮是多麼重要，守禮又是多麼艱難，可是這種寫法，即寫麗人／洛靈貌美、深情，寫君王敏感、纏綿，這兩個人一往深情卻又理智，雖有理智又情不能已，翻騰變化，一波三折，就造成了在《洛神賦》中，事實上情的比重比禮要大，於是便出現了一個專門言情的聲部。

這個言情的聲部又很複雜，大體可分為兩條線索。

一個是麗人／洛靈這條線索，她是《洛神賦》的女主角，根據《洛神賦序》的說法，是參照前人有關宓妃和神女的傳聞記錄創造出來的，可是在曹植的其他作品中，其實可以看到相似的女性形象。比如，他有一首樂府詩《美女篇》，寫一個正當盛年的採桑女，因為找不到媒人，深夜孤單難眠：

> 美女妖且閒，採桑歧路間。柔條紛冉冉，葉落何翩翩。
> 攘袖見素手，皓腕約金環。頭上金爵釵，腰配金琅玕。
> 明珠交玉體，珊瑚間木難。羅衣何飄搖，輕裾隨風還。
> 顧眄遺光彩，長嘯氣若蘭。行徒用息駕，休者以忘餐。
> 借問女安居，乃在城南端。青樓臨大路，高門結重關。
> 容華耀朝日，誰不希令顏。媒氏何所營，玉帛不時安。
> 佳人慕高義，求賢良獨難。眾人徒嗷嗷，安知彼所觀。
> 盛年處芳室，中夜起長歎。[13]

詩裏面的採桑女，和《洛神賦》中的麗人，形、神都頗相似。不要說採桑女的外貌，從"攘袖見素手"到"輕裾隨風還"，同《洛神賦》對麗人"攘皓腕於神滸兮，採湍瀨之玄芝"，"披羅衣之璀粲兮，珥瑤碧之華琚。戴金翠之首飾，綴明珠以耀軀"的描寫沒有多少差別，就連"佳人慕高義"，也就是説採桑女自視甚高，對配偶的要求也高，這一點，同《洛神賦》中"羌習禮而明詩"的麗人／洛靈，也是相差無幾。而採桑女不願意降低標準嫁人，免不了孑然一身，她自己對這樣的結局也並不滿意，由此"盛年處芳室，中夜起長歎"，與《洛神賦》寫洛靈最後"恨人神之道殊，怨盛年之莫當"，更是一模一樣的。

曹植還有一首《雜詩》，寫一位風華正茂的南國佳人，唯恐容顏變老而找不到欣賞她的人：

> 南國有佳人，容華若桃李。
> 朝遊江北岸，夕宿瀟湘沚。
> 時俗薄朱顏，誰為發皓齒。
> 俯仰歲將暮，榮耀難久持。[14]

這位南國佳人的苦悶和焦慮，也同採桑女、麗人／洛靈是一樣的，她們都在如花般的年紀，都有戀愛的夢想、結婚的衝動，但也都不肯將就，也就不得不忍受孤單和寂寞。

在另外一首《雜詩》裏，曹植還寫到一位妻子，因為思念她從軍的丈夫，在家裏織布時心不在焉，怎麼都織不成完整的一片：

> 西北有織婦，綺縞何繽紛。
> 明晨秉機杼，日昃不成文。
> 太息終長夜，悲嘯入青雲。
> 妾身守空閨，良人行從軍。
> 自期三年歸，今已歷九春。
> 飛鳥繞樹翔，噭噭鳴索羣。
> 願為南流景，馳光見我君。[15]

詩裏面寫到的這位妻子的丈夫，本來說三年歸家，可是到了九年也沒回，所以，妻子夜夜歎息，恨不能自己變成一縷光線，向南去照見她的丈夫。變為一縷光線的想像，是極端表現了這位妻子迫切要求團圓的心情。曹植還用過"願作東北風，吹我入君懷"的比喻[16]，在另一首歌辭裏，代一位女性，抒發她渴望見到愛人的心情。這些女性的情感，與《洛神賦》中的洛靈最後留下"雖潛處於太陰，長寄心於君王"的贈言，在情感上是完全一樣的。

代女性書寫，寫她們在婚戀中的感情，尤其是失婚、失戀的挫折感與痛感，本來是自《詩經》以來就有的文學傳統，曹植在《洛神賦》《美女篇》《雜詩》等作品中寫下的麗人 / 洛靈、採桑女、南國佳人和西北織婦這些女性，她們正在經歷的就是這樣一種感情，因此，曹植寫這些詩賦，實際上是在一個文學傳統裏面，是一種文學書寫。

當然曹植的寫作，又不是對過去文學傳統的複製，某種意義上說，也是對他自己生命中一些重要時刻的紀實。他有一篇《敍愁賦》，寫在建安十八年 (213) 曹操封魏公，而將他的三個姊妹曹憲、曹節、曹華都送到漢獻帝宮中的時候[17]，他母親卞夫人叫他作賦，替他這幾個姊妹聲明，她們在娘家都受到過很好的教育，"修女職於衣裳，承師保之明訓，誦六列之篇章，觀圖像之遺形"，因而有像嫁給舜的堯的女兒娥皇、女英那樣的理想，要為后為妃，絕不甘心被打入冷宮，"充末列於椒房"。在這篇懷有對未來不安和擔憂的《敍愁賦》中，曹植寫到他兩個姊妹離開家時，"揚羅袖而掩涕，起出戶而彷徨。顧堂宇之舊處，悲一別之異鄉"的場景[18]，而這一描寫，後來也出現在《洛神賦》，就是當洛靈向"余"告別的時候，曹植寫她也是"抗羅袂以掩涕兮，泪流襟之浪浪。悼良會之永絕兮，哀一逝而異鄉"。如果說《敘愁賦》的描寫屬於紀實，那麼，《洛神賦》照貓畫虎，重現這一撕心裂肺的告別場面，便是對紀實的再現，是對實景之描寫的再描寫，依然是一種文學書寫。

而從這一點也可以看到，除了有對生活中女性情感、心理的體驗和觀察，又像魏明帝說的那樣，"自少至終，篇籍不離於手"[19]，也就是有過大量的相同題材的寫作實踐，在《洛神賦》中，曹植才能將麗人／洛靈的形象，由外到內，寫得那麼美麗、真切，特別是寫她和"余"／君王的情感互動，從一見鍾情、互訴衷腸，到互相猜疑、設下心防，然後是麗人／洛靈告白兼告別，而"余"／君王則是克制又惆悵，將這個曲折的過程，一步一步呈現出來，對其中"余"／君王和麗人／洛靈的心理感應、心理互動，其中微妙的地方，刻畫得極其細緻、生動、自然。

而根據"余"對御者的講述，並不是緣於甚麼外力，僅僅是"余"／君王和麗人／洛靈各自的內心活動及心理轉變，就決定了這一場邂逅的開頭和結尾，並推動着故事情節的演進，由此看《洛神賦》，它看起來就像是一個言情的文學作品。

五

在這個情感故事中，君王即第一人稱"余"，又可以説是另一條言情的線索。

儘管《洛神賦》的宗旨為守禮，講的是人在情感面前，要有理性，能夠克制，可是，由於有屈原以來關於宓妃的寫作傳統，又有宋玉描寫的神女作為典範，曹植在寫到麗人／洛靈時，仍然能夠突破禮的限制，將她描寫成如春松、朝陽般的充滿活力，成為男子向慕的女神。

南朝學者劉勰對漢末建安時代的作家有過一個歸納，説他們在曹操麾下的鄴城，遊覽宴樂，寫下了許多"憐風月，狎池苑，述恩榮，敍酣宴"的詩賦[20]。在劉勰所説這類詩賦中，往往都可以看到歌舞藝伎特別是女藝人的身影，比如曹植有《侍太子坐詩》，其中就講到在曹丕主持的宴會上，有來自齊的演奏家，也有來自秦的歌唱家：

> 白日耀青春，時雨靜飛塵。
> 寒冰辟炎景，涼風飄我身。
> 清醴盈金觴，餚饌縱橫陳。

齊人進齊樂，歌者出西秦。

翩翩我公子，機巧忽若神。[21]

而在《野田黃雀行》的樂歌中，他還寫到宴會上不僅有秦箏、齊瑟演奏，又有舞者隨着陽阿之樂起舞，有洛陽的知名歌手演唱：

置酒高殿上，親交從我遊。

中廚辦豐膳，烹羊宰肥牛。

秦箏何慷慨，齊瑟和且柔。

陽阿奏奇舞，京洛出名謳。

樂飲過三爵，緩帶傾庶羞。

主稱千金壽，賓奉萬年籌。[22]

根據《三國志·魏書·卞皇后傳》的記載，曹植的母親卞太后就出生於倡家也就是藝人世家，他們這一家人都喜歡音樂舞蹈藝術，也都有這方面的才藝。身處這樣的環境，曹植勢必有很多接觸女藝人的機會，他對女性的了解，因此並不是僅僅通過前人的詩文，也是靠他在日常中一點一滴的觀察，他也因此寫過不少女性。比如他寫到過一個歌者，不光人美、服裝美，會彈琴，歌也唱得特別好聽：

> 有美一人，被服纖羅。
>
> 妖姿豔麗，蓊若春花。
>
> 紅顏韡曄，雲髻峨峨。
>
> 彈琴撫節，為我弦歌。
>
> 清濁齊均，既亮且和。
>
> 取樂今日，遑恤其他。[23]

　　他說沉浸在這個美麗歌者帶來的快樂中，可以一整天不想別的事情。所以，在《七啟》中，他也就曾藉鏡機子之口，"說遊觀之至娛，演聲色之妖靡"，以聲色之娛開導玄微子，叫他放棄耽虛好靜的生活，而投入"陶唐之世"。在講到宮觀之樂勝過岩穴之居的時候，他說身在宮觀中的快樂之一，就是邊戲水邊聽人唱歌：

> 然後採菱華，擢水蘋，弄珠蚌，戲鮫人。諷《漢廣》之所詠，覿遊女於水濱。耀神景於中沚，被輕縠之纖羅。遺芳烈而靖步，抗皓手而清歌。歌曰：望雲際兮有好仇，天路長兮往無由。佩蘭蕙兮為誰修，嫵婉絕兮我心愁。

歌聲之外，還有妙曼之舞可以欣賞：

　　然後鮫人乃被文縠之華袿，振輕綺之飄搖，戴金搖
之熠燿，揚翠羽之雙翹。揮流芳，耀飛文，歷盤鼓，煥
繽紛。長裾隨風，悲歌入雲。蹻捷若飛，蹈虛遠蹤，陵
躍超驤，蜿蟬揮霍，翔爾鴻翥，瀸然鳧沒，縱輕體以迅赴，
景追形而不逮。飛聲激塵，依威屬響，才捷若神，形難
為象。

　　聽歌觀舞之後，正好夕陽西下，這時，便攜手心愛的女
子步入閨房：

　　於是為歡未渫，白日西頹，散樂變飾，微步中闈。
玄眉弛兮鉛花落，收亂髮兮拂蘭澤，形婧服兮揚幽若，
紅顏宜笑，睇眄流光。時與吾子，攜手同行。踐飛除，
即閨房，華燭爛，幄幕張。動朱唇，發清商，揚羅袂，
振華裳。九秋之夕，為歡未央。[24]

　　按照鏡機子的說法，能享受到這種宮觀之樂，便是人生
登上最高峰，所以，他拿這個來誘導玄微子。而這裏面講到

的令人心動的"鮫人"，穿着綺麗衣裳，戴着金翠首飾，有着飛鳥一樣輕盈的舞步，歌聲穿透雲霄，與《洛神賦》中"戴金翠之首飾"，"揚輕袿之綺靡"，"竦輕軀以鶴立，若將飛而未翔"，"聲哀厲而彌長"的洛靈，形象幾乎是重疊的，可見這個洛靈，也是有她現實中的原型，就是那些能歌善舞的藝人。只不過《七啟》中的鮫人，最後做到了"時與吾子，攜手同行"，這一點，同洛靈捨"余"而去，還是不一樣，所以，鮫人和洛靈在人心中激起的情感也不同，當鮫人"動朱唇，發清商"，她帶給人的是無限歡愉，"為歡未央"，可是，洛靈的"動朱唇以徐言，陳交接之大綱"，只是停留在口頭，當然給人空歡喜，留下的更多是憂傷，"遺情想像，顧望懷愁"。

曹植還寫過一首《妾薄命行》，現在只剩殘篇，講的大概也是在這樣的歡宴之後，"妾"和公子貴戚一道去遊覽釣台池觀：

> 仰泛龍舟淥波，俯櫂神草枝柯。
> 想彼宓妃洛河，退詠漢女湘娥。
> 日既逝矣西藏，更會蘭室洞房。[25]

在這首歌辭裏面，不僅出現了洛河宓妃，還出現了漢女、湘娥，她們都是公子貴戚們愛戀的女性，也都在《洛神賦》裏出現：“於是洛靈感焉……從南湘之二妃，攜漢濱之遊女……”當然，麗人／洛靈在《洛神賦》中，也是為“余”／君王所仰慕並渴望擁有的對象。所以，麗人／洛靈不是根據哪一個特定人物寫出來的，“余”／君王也沒有甚麼真實人物作為他的原型。

“余”對麗人／洛靈的仰慕之情，就像《七啟》《妾薄命行》等所寫，是作為人類精神的一部分，自然而然地發生，同時它也有改變人生道路的巨大能量。在《洛神賦》中，正是基於對情感的這樣一種體認，才讓曹植動用了那麼大篇幅去描寫麗人／洛靈的淑美，以此作為“余”／君王之所以全情投入的鋪墊。

而這樣一來，在《洛神賦》中，除了守禮這個主旋律，又除了言情這第二個聲部，還可以看到第三個聲部，也是時長最長的，即文字篇幅最大的，便是對麗人／洛靈由外至內，無以復加的讚美。

六

　　總之，《洛神賦》是這樣一個多聲部的文學作品，守禮是它的寓意所在，但是，在表達守禮這個宗旨的時候，它用了情與禮對話的方式，因此有對情的鋪陳，而為了說明情之所以興，它又竭盡全力去描繪麗人／洛靈的美。於是在這篇賦裏面，就有了多個聲部，它們穿插呼應，並不是從一開始就奔着"守禮"而來，而是從麗人的淑美，激發"余"的向慕之情，但是同麗人交流之後，"余"又產生了以禮克制的念頭，可禮又並不能完全抑制情，是通過這樣的曲折敍事，一點一點呈現"守禮"這個觀念。這使得《洛神賦》在敍述上更有張力，層次也更豐富，因而成為一個文學典範。

　　黃初四年抑或是四年之後，那時，曹植剛剛步入中年，可是經過黃初四年的新時代洛陽之旅，他在重新體會親情溫暖的同時，更意識到親情的冷漠，洛陽比想像的還要黑暗、殘酷，他心中不免沮喪[26]。本來他就不相信世上有神仙，當曹操在世的時候，他就寫過一篇揭發方士欺眾惑民的《辯道論》，在這篇文章中表態說："自家王與太子及余兄弟"都不會把方士說的神仙當真，"咸以為調笑，不信之矣"。他們是相當理性、務實的一家人，所以，他說帝王的"位殊萬國，富有天下"，遠比"王母之宮，崑崙之域"重要，而帝王手下有"百官之美""椒房之麗"，也遠勝西王母的使者青鳥，還有甚麼素女、姮娥，更不要說方士們的虛妄之辭、眩惑之說，"終無一驗"，怎能讓人相信？他對於神仙虛妄與現實世界的區別，早已看得明白，哪裏會做白日夢並且在夢中享受人神之戀？世事變幻，人到中年，他更是放棄幻想、放下過去，開始面對現實而進行有理智的思考，寫《洛神賦》，正是他處在這樣的心理轉變之中，心情是很複雜，但是已經不再彷徨。

因此，他首先確定了"守禮"的基調，與此同時，也放棄了宋玉以第三人稱寫賦的方式，轉而用屈原士大夫式的突顯自我的第一人稱口吻，表達他願意接受新時代的新秩序而決不逾制的態度。但是，他也藉同洛靈的相互愛戀與相互牴觸，表達他對於魏文帝領導下的洛陽，有很多留戀也有很多質疑。而他不羈的個性，也並沒有讓他徹底被馴服，所以，儘管"守禮"的主旋律很是低沉、壓抑，與洛靈的戀情也很脆弱、令人絕望，可是他筆下的洛靈，依然清新、活潑、獨立。這就是曹植在《洛神賦》中表達出來的，是複調的，也是複雜的。

註釋

1　曹植《任城王誄》，見《藝文類聚》卷四五《職官部一‧諸王》。

2　《三國志‧陳思王傳》載曹植黃初四年上疏。

3　見董仲舒《春秋繁路‧精華》曰："所聞《詩》無達詁，《易》無達佔，《春秋》無達辭，從變從義，而一以奉人。"（蘇輿撰《春秋繁露義證》95 頁，中華書局 2011 年）

4　《三國志‧陳思王傳》裴註引。

5　曹丕《典論‧論文》，《六臣註文選》卷五二。

6　沈約答陸厥書，《南齊書》卷五二《陸厥傳》，中華書局點校本。

7　陳琳《神女賦》，見《藝文類聚》卷七九《靈異部‧神》。

8　目加田誠説王粲等人寫《神女賦》，是以不得遇見神女來表達世無知音的哀歎，而《洛神賦》寫在黃初六、七年間，表達的是對自己已過壯年卻良會永絕的依戀，心情、立場都與王粲他們不同，倒是和諸葛亮相似（《洛神の賦》，《目加田誠著作集》第四卷《中國文學論考》100—101 頁）。這一分析，仍可商榷，但他意識到兩者的不同，值得參考。

9　參見[俄]M.巴赫金著《巴赫金文論選》，佟景韓譯，3 頁，中國社會科學出版社 1996 年。

10　曹植《潛志賦》，《藝文類聚》卷三十《人部十四‧別下‧怨》。

11　曹植《感婚賦》，《藝文類聚》卷四十《禮部下‧婚》。

12　《三國志‧陳思王傳》載曹植太和二年上疏。

13　曹植《美女篇》，《六臣註文選》卷二七《樂府上》。

14　曹植《雜詩》，《六臣註文選》卷二九《雜詩上》。

15　曹植《雜詩》，同上。

16 曹植（東阿王）《明月》，沈約《宋書》卷二一《樂志三》。

17 《三國志‧魏書‧武帝紀》載建安十八七月，"天子聘公三女為貴人，少者待年於國"。又據《後漢書‧獻穆皇后紀》，建安十八年，曹操進三女憲、節、華為夫人，十九年並拜貴人，伏皇后被殺後，立節為皇后。

18 曹植《敘愁賦》，《藝文類聚》卷三五《人部十九‧愁》。

19 《三國志‧陳思王傳》。

20 劉勰《文心雕龍註‧明詩》，范文瀾註《文心雕龍註》卷二，人民文學出版社 2001 年。

21 曹植《侍太子坐詩》，《藝文類聚》卷三九《禮部中‧燕會》。

22 曹植《東阿王》《野田黃雀行》，《宋書‧樂志三》。

23 曹植詩，《藝文類聚》卷十八《人部二‧美婦人》。

24 曹植《七啟》，《文選》卷三四《七》上。

25 曹植《妾薄命行》，《樂府詩集》卷六二《雜曲歌辭二》。

26 參見徐公持《魏晉文學史》第四章《曹植》第三節《曹植的後期創作》80—84 頁，人民文學出版社 1999 年。

第六章

我□冷於巖皋屏際收風川后翦流

馮夷鳴鼓女媧清歌騰文魚以警

乘鳴玉鸞以偕逝六龍儼其齊首

載雲車之容裔鯨鯢踊而夾轂水

禽翔而為衛於是越北沚過南罔

紆素領迴清陽動朱脣以徐言陳

交接之大綱恨人神之道殊怨盛年

之莫當抗羅袂以掩涕兮淚流襟

《洛神賦》的流傳

——文學與書法同步

現在能夠看到最早的《洛神賦》，是在梁昭明太子蕭統編的《文選》裏面。蕭統是梁武帝蕭衍的長子，他酷愛學問和著述，太子東宮就有藏書三萬卷[1]。在他主持之下編纂的《文選》，收入了周秦以來一百三十多位作家的六百多篇詩文，其中有曹植的文三十八篇、詩二十四篇，包括《洛神賦》和《贈白馬王彪》詩在內，數量僅次於西晉的陸機、東晉的謝靈運，居第三位，由此，可以看出蕭統那一代人對曹植的厚愛。而根據同時代鍾嶸的看法，陸機、謝靈運的五言詩又是"源出於陳思"[2]，是繼承了曹植的五言詩，從這個判斷更可以看到，在五到六世紀即曹植死後三百年左右，他的文學地位達到了極其崇高的地步。

曹植一生寫下的詩文很多，他生前對自己的賦進行整理，有七十八篇做了定稿，見於他殘存的《文章序》：

> 余少而好賦，其所尚也，雅好慷慨。所著繁多，雖觸類而作，然蕪穢者眾，故刪定別撰，為前錄七十八篇。[3]

曹植死後沒幾年，景初年間（237—239），魏明帝為他"蓋棺定論"，將他在魏文帝時所犯政治錯誤一筆勾銷，高度肯定他在文學上的成就，並要求將他的遺作，"前後所著賦、頌、詩、銘、雜論，凡百餘篇，副藏內外"[4]，也就是說收藏在秘書監官方機構。正是因為有過鄭重其事的整理和收藏，當半個世紀後，陳壽編寫《三國志》時，在《魏書》的《陳思王傳》裏，他還引用了曹植的四篇上疏、兩首詩。再過了一個半世紀，南朝宋的裴松之為《三國志》作註，又還引用了若干曹植的詩賦與書信。直到六世紀，《文選》的編者仍然能收集到曹植的六十多篇詩文，單從數目上看，幾乎是景初年間其所遺留"百餘篇"作品的三分之一，這意味着經過近三百年歲月的洗禮，曹植的這六十多篇詩文，不僅僅是流傳於世，還被奉為文學經典，就像是鍾嶸在《詩品》中賦予它們的地位："陳思之於文章也，譬人倫之有周（公）、孔（子）。"[5]

　　《洛神賦》當然也是這樣的一個經典。

二

大約在曹植去世一個半世紀後，晉宋間最有名的一個文學家謝靈運寫了一篇《江妃賦》，從僅存的片段看，他寫的是與江妃的邂逅，其中講到之所以要寫這樣一篇賦，是受宋玉《招魂》和曹植《洛神賦》的啓發：

> 《招魂》定情，《洛神》清思。覽曩日之敷陳，盡古來之妍媚。矧今日之逢逆，邁前世之靈異。[6]

這一片段説明，除了五言詩的寫作"源出於陳思"，謝靈運寫賦，也受曹植影響。在四到五世紀，《洛神賦》就很有名，同《楚辭》裏的宋玉《招魂》一樣，被視為辭賦的典範。

謝靈運的弟弟謝惠連寫過一首《秋胡行》，在這首詩裏，他也提到洛神、陳（思）王及漢女、（鄭）交甫等：

> 春日遲遲，桑何萋萋。
>
> 紅桃含妖，綠柳舒荑。
>
> 邂逅粲者，遊渚戲蹊。
>
> 華顏易改，良願難諧。

繫風捕景，誠知不得。

念彼奔波，意慮回惑。

漢女倏忽，洛神飄揚。

空勤交甫，徒勞陳王。⁷

　　謝靈運、謝惠連兄弟關係密切，謝靈運曾說他們兩人在一起"悟對無厭歇"⁸，謝惠連也說他們能夠"從夕至清朝"地談話⁹。他們兩人對《洛神賦》都是這麼熟悉，信手拈來，表明在曹植去世大約二百年後，《洛神賦》並未被遺忘，相反是被尊崇有加，而在他們這樣有名作家的提倡之下，又更深地嵌入人們的記憶。

　　比大、小謝稍晚一點，五世紀後期的江淹是一個並不諱言自己善於模仿的作家，《文選》中也有他模擬漢代以至南朝諸多詩人的五言詩，總共三十首，其中有一首就是仿曹植：

君王禮英賢，不吝千金璧。

雙闕指馳道，朱宮羅第宅。

從容冰井台，清池映華薄。

涼風盪芳氣，碧樹先秋落。

朝與佳人期，日夕望青閣。

褰裳摘明珠，徒倚拾蕙石。

眷我二三子，辭義麗金觿。

延陵輕寶劍，季布重然諾。

處富不忘貧，有道在葵藿。[10]

　　這首詩是揣摩漢末建安時期曹植的心情而寫，而詩中的
"褰裳摘明珠"這一句，顯然就是出於《洛神賦》對眾靈雜沓、
"或採明珠，或拾翠羽"的描寫。

　　江淹還有一篇《水上神女賦》，寫一個叫江上丈夫的人，
從北向南，"遊宦荊吳"，當荒絕無路時，突然"精飛視亂，意
去心移"，只見"一麗女焉，碧渚之崖。冶異絕俗，奇麗不常，
青琴羞豔，素女慚光"[11]。這篇賦，不光是標題，與宋玉的《神
女賦》、曹植的《洛神賦》接近，就是寫神女的出現，也套用
了《洛神賦》"於是精移神駭，忽焉思散，俯則未察，仰以殊
觀。睹一麗人，於岩之畔"的敍述方式。

　　謝靈運的《江妃賦》以及江淹的這篇《水上神女賦》，都
見於歐陽詢等人在七世紀前期編的類書《藝文類聚》。歐陽詢
是唐初有名的書法家，"初學王羲之書，後更漸變其體"[12]，不
過他也有學問，《藝文類聚》是他奉唐高宗之命，參照《文章
流別集》《華林遍略》和《文選》等大型選集、類書所編，收入

上千種文獻，都是按類編排，"比類相從"。其中《靈異部》分了"神"這一類，裏面就選了宋玉的《高唐賦》《神女賦》，曹植的《洛神賦》以及漢末陳琳、王粲、楊修等人分別寫作的《神女賦》，晉張敏的《神女賦》，楊該的《三公山下神祠賦》，還有謝靈運的《江妃賦》、江淹的《水上神女賦》，大概在編者看來，這組賦都是以神女為題材，寫作上也有相互繼承的關係，所以可歸在同一類。《藝文類聚》的引文，採取的是"摘其菁華，採其旨要"的辦法[13]，引用都並不完整，但是因為它援引的作品很多已經失傳，在別處看不到，因此，它還是有保存資料之功，更重要的是，由這些詩文殘片，還能夠依稀看到七世紀以前相對完整的寫作生態、文學風貌。而現代學者如沈達材等注意到曹植寫《洛神賦》，與建安時代"神女賦"的寫作風潮有關，又注意到《洛神賦》對後世"神女"題材的寫作有較大影響，與這部類書提供的視角和文獻，恐怕也都有關[14]。

與江淹差不多同時，在五世紀末的齊永明年間，有一個年輕詩人陸厥給已經寫了《宋書·謝靈運傳》的沈約去信，商討聲律問題。陸厥主張在詩文聲律方面不要那麼苛刻，不應該強求一律，他說即使同一作者，也不免才思"遲速天懸"、作文"工拙壤隔"，不能保持在同一水準，他舉出的例子中，就有司馬相如、曹植：

《長門》《上林》，殆非一家之賦，《洛神》《池雁》，
便成二體之作。

在陸厥那個年代，還能看到早已失傳的曹植《池雁賦》，
不過，他說《池雁賦》完全達不到《洛神賦》的高度。沈約在
詩文聲律的問題上，本來立場和他不同，可是論及具體的人
和作品，他也同意陸厥的觀察，在回信中說："……以《洛神》
比陳思他賦，有似異手之作。"[15]

昭明太子蕭統的父親梁武帝蕭衍，在文學上，恰好是沈
約他們的同道。他有一首詩《戲作》寫道：

> 宓妃生洛浦，遊女出漢陽。
> 妖閒逾下蔡，神妙絕高唐。
> 綿駒且變俗，王豹復移鄉。
> 況茲集靈異，豈得無方將。
> 長袂必留客，清哇咸繞樑。
> 燕趙羞容止，西姐慚芬芳。
> 徒聞珠可弄，定自乏明璫。[16]

這首詩的主角是洛川宓妃與漢陽遊女，她們毫無疑問都
出自《洛神賦》。梁武帝對曹植當然很熟悉，他還有一個兒子

蕭綱亦即後來的簡文帝，"六歲屬文，御前面試，辭采甚美"，他就曾把蕭綱比作曹植，説："此子，吾家之東阿。"[17] 在詩的第三四句，他先説"下蔡"，這是宋玉《登徒子好色賦》中的典故，在這篇賦裏，宋玉寫到登徒子愛慕他隔壁人家的女孩兒，便誇這女孩兒有"惑陽城，迷下蔡"的魅力，阮籍《詠懷》詩已用過這個典，説"傾城迷下蔡，容好結中腸"[18]。後面梁武帝又説到"高唐"，自然是指宋玉的《高唐賦》。而《洛神賦》與宋玉的《登徒子好色賦》《高唐賦》恰好都被收在《文選》的同一卷，題作"情賦"[19]，這也許不是偶然。

梁武帝這首《戲作》，從字面上看，講的是洛川宓妃和漢濱遊女不僅美麗，而且神奇，壓倒東家之子、高唐神女，更不要説趙飛燕、妲己，但實際上，他還是在講曹植的《洛神賦》比宋玉賦寫得精彩。在對《洛神賦》的評價上，梁武帝和沈約、陸厥他們的態度是一致的。

梁武帝還有一個兒子蕭繹就是後來的梁元帝，也頗有才華，能"下筆成章，出言為論"[20]。蕭繹對宋文帝的兒子劉鑠有一個評價，説：

> 劉休玄少好學，有文才，嘗為《水仙賦》，當時以為不減《洛神》，《擬古》詩，時人以為陸士衡之流，

余謂《水仙》不及《洛神》、《擬古》勝乎士衡矣。[21]

其實在蕭繹以前，已經有鍾嶸針對模仿漢代《古詩》的"擬古詩"做過評論，他認為陸機的《擬古》十四首寫得最好，"可謂幾乎一字千金"[22]，《文選》也正好是收了陸機的《擬古詩》十二首、劉鑠的《擬古詩》二首[23]，證明鍾嶸的意見，代表了齊梁時代的共識。可是蕭繹偏偏唱反調，他説劉宋時代的人誇獎劉鑠的《水仙賦》堪比《洛神賦》，《擬古詩》可入陸機一流，而在他看來，劉鑠的《擬古詩》比陸機寫得更好，《水仙賦》卻比不上《洛神賦》。蕭繹的這個評價是否公允姑且不論，實際上《文選》就沒有收入《水仙賦》，但是由此卻可以看到他對《洛神賦》也是無條件地崇拜。

這都足以説明梁武帝父子對《洛神賦》的格外看重，曹植的這篇賦，之所以能進入《文選》，並不是由蕭統的個人喜好所決定，也不是哪一個人決定，純粹是一個時代的選擇，而這個時代的文學評價標準，又是建立在晉宋以來近二百年人們的口碑之上。《洛神賦》在《文選》編纂的時代，能夠享有那麼崇高的地位，完全是晉宋以來的文學主流始終將它奉為經典的結果，而當它被載入《文選》之後，便又隨着《文選》的傳播，流傳至今。

三

　　但必須要指出的是，作為文學經典而被載入《文選》，然後，又隨着《文選》流傳到今天，這只不過是《洛神賦》的傳播路徑之一。如果說在文學史上，已知《洛神賦》的經典地位和影響力，是從晉宋以來就延綿不絕，那麼檢閱書法史，會看到《洛神賦》之被關注、被書寫，在時間上，還要早得多。

　　據唐代李嗣真撰《書品後》的《上中品》說，他就收藏有魏人鍾會的"正書《洛神賦》"[24]。鍾會是鍾繇的小兒子，比曹植年紀小大約 30 歲，而鍾繇是漢魏間最有名的書法家，當時便受人追捧，"尺牘之跡，動見楷模焉"[25]，現存魏的《受禪碑》，傳說還是他寫的。鍾會學他父親寫字[26]，長處在於能模仿各種人的字體[27]，書法也達到了與張芝、索靖齊名的程度[28]，南朝宋時還可以見到[29]。他對於曹植的文學才能極其佩服，曾表揚曹髦"才同陳思，武類太祖"[30]，也就是說視曹植的文學才華和曹操的打仗謀略為同樣高的指標。這當然是在魏明帝為曹植蓋棺定論並且下令收藏曹植的詩文以後，曹植的文學地位已經毋庸置疑，他的詩文也有了若干備份，在這一背景下，如果說鍾會寫過曹植的《洛神賦》，倒也是在情理之中，並不突兀。

當然，寫過《洛神賦》而名聲最大的，是東晉的王羲之、王獻之父子，他們在琅邪王氏家族中，也是書法成就最高的。王羲之的父親王曠，據說是晉元帝渡江的首倡者，他叔父王廙"能草楷，傳鍾（繇）法"，又不僅字寫得好，畫也畫得好，還教過晉元帝兒子晉明帝作畫，"畫為晉明帝師，書為右軍法"[31]，他另一個叔父王導，寫字也師法鍾、衛，據說南渡時，於顛沛流離中都不忘帶着鍾繇的《宣示帖》[32]。到了王羲之這一輩，他兄弟中能寫書法的也不少，王羲之受王導、王廙的指教，學習鍾、張，傳世尚有他臨鍾繇帖寫的《宣示表》《墓田丙舍帖》等，只是他也不甘於墨守成規，而有"我書比鍾繇，當抗行，比張芝草，猶當雁行"的自信[33]。在學習鍾、張的過程中，或許他也臨過鍾會。

　　說王羲之寫有《洛神賦》，事實上僅見於陶弘景寫給梁武帝蕭衍的信。陶弘景是書法世家，他父親曾"以寫經為業，一紙值價四十"，他自己也"工草隸"[34]，據北朝的顏之推說，陶弘景的字也很像王羲之，"莫不得羲之之體"[35]。齊永明十年（492）後，陶弘景就隱居在句容，而梁武帝跟他從年輕時相識，登基後更加倚仗他，"恩禮逾篤，書問不絕，冠蓋相望"[36]，這樣便留下不少兩個人的往來書信。在其中一封信裏，陶弘景報告梁武帝說，他聽馬澄講過，王羲之有"《勸進》《洛神賦》

諸書十餘首，皆作今體，惟《急就篇》二卷，古法緊細"[37]。所謂"今體"，指的是當時流行的楷書，也就是說馬澄當時看見的，應該是王羲之寫的《洛神賦》楷書。這是一次陶弘景提到王羲之寫有《洛神賦》。還有一次，他提到王羲之寫《洛神賦》時說："逸少有名之跡，不過數首，《黃庭（經）》《勸進（表）》《（東方朔畫）像贊》《洛神（賦）》，此等不審猶得存不？"[38] 這次他談到了王羲之最有名的幾幅字，包括《洛神賦》在內，可是這幾幅字的真跡還在不在，他並不清楚，顯然他是沒有看到過。梁武帝因為酷愛書法，收集了很多鍾、王書跡，但是真偽相雜，有很多是摹本，因此，陶弘景要經常和他就這些書法進行討論[39]。比如，梁武帝有一次說他看到一篇《樂毅論》，根據他對王羲之字的了解，就知道"恐非真跡"[40]。而陶弘景有一次幫梁武帝看了一批字，發現裏面大概只有一半是"右軍書"，其中有"'黃初三年'一紙"，他判斷就是"後人學右軍"[41]。而這個"'黃初三年'一紙"，也似乎是指曹植的《洛神賦》。

書法史上，王羲之寫《蘭亭序》已經是一個公案，這是他為永和九年（353）的蘭亭詩會而寫，儘管有學者考證傳世的《蘭亭序》，其實是王羲之後人智永禪師的手筆[42]，但是大概自唐代以來，它就被看成是文學與書法的天作之合。同樣，如果王羲之的確寫過《洛神賦》，那麼也不妨説這是文學與書法的又一個完美結合，雖然從陶弘景的口氣看，他其實也沒見到王羲之寫的《洛神賦》真跡，可他還是相信王羲之寫過。

南朝宋的劉義慶曾在《世説新語》中説："時人目王右軍'飄如遊雲，矯若驚龍'。"[43] 這裏説的"時人"，當然指晉宋間人，而"飄如遊雲，矯若驚龍"一語，則是出自《洛神賦》對麗人"翩若驚鴻，婉若遊龍"的形容。王羲之的同時代人用《洛神賦》裏的話來評價他，固然是為了讚美他氣質灑脱飄逸，然而那個時代，也可以想像人們是因為能夠看到他寫的曹植《洛神賦》，於是摘取了賦中現成的詞句，安在他身上，一則是描繪出他這個人，二則是品評了他的書法，同時又用了《洛神賦》的典，可謂"一語三關"。也因此，這一評價才成為流行的雋語。

如果這個推測成立，那麼便可以確定，晉宋時代的人還是相信王羲之寫有《洛神賦》的，只不過後來有了大量的臨摹、假托，便真偽難辨了。

四

　　現在能夠看到傳為王獻之寫的《洛神賦》，最有名的小楷十三行，已經是一個殘本[44]。

　　王獻之是王羲之的小兒子，也是東晉簡文帝女婿，而簡文帝是晉元帝幼子，他哥哥晉明帝曾隨王獻之的叔祖父王廙學畫。與傳說王羲之寫有《洛神賦》卻沒有傳本不同，在現存當時的文獻裏面，並沒有王獻之寫過《洛神賦》的記載，能夠見到的，只是王獻之的曾孫王僧虔說過，王獻之的弟子丘道護以及他的外甥羊欣都寫過。而羊欣也是王獻之的得意弟子，擅長隸書[45]，書法的名聲比丘道護還要大[46]，但是據羊欣的弟子蕭思話說，羊欣看到了丘道護寫的《洛神賦》，也自愧弗如[47]。如果從這個記載去逆推的話，因為弟子往往都是臨摹老師，那麼，作為老師的王獻之寫過《洛神賦》，這個可能性也就不是不存在。

　　劉義慶在《世說新語》裏記有王獻之對羊祜的一個評語，說："羊叔子自復佳耳，然亦何與人事？故不如銅雀台上妓。""銅雀台上妓"的典故出於曹操遺令，是曹操要求他的妾和身邊藝人，在他死後仍然要按時到鄴的銅雀台上獻演[48]。王獻之用這個典故，是為了說明在遵奉先人遺囑這一點上，羊祜做得還不如曹操身邊的女性，而這也證明了他對曹魏故事的熟悉，是他有可能寫《洛神賦》的一個旁證。

當然，傳世的所謂王獻之寫《洛神賦》，一般都認為那實際是宋代人所書。

據北宋有名的金石書法鑒定家黃伯思說，他就見過兩種聲稱是王獻之寫的《洛神賦》，一種小楷，他確信為王獻之書跡，還有一種草書，他懷疑是智永所寫[49]。智永是南朝陳至隋代人，王羲之的七世孫，學王羲之寫字，學得以假亂真，所以，黃伯思就認為宋代流傳的草書《洛神賦》其實是智永所寫，就像有人說傳世的《蘭亭序》為智永所書，是一個道理。

元代最有名的書法家趙孟頫師法鍾繇、王羲之，也寫過《洛神賦》並且流傳至今。他說他也見過兩種號稱王獻之寫的《洛神賦》，一種是晉麻箋本，一種是唐硬黃紙本。晉麻箋本據說在宋徽宗時被刻為玉版，靖康以後散失，後來宋高宗只得到其中的九行一百七十六個字，經過書法家米芾的鑒定，確認為王獻之真跡，而到了南宋末，愛好收集書法古董的賈似道又得到另外的四行七十四個字，與宋高宗所得九行拼合，成十三行二百五十個字，這十三行後來又到了趙孟頫手裏，他斷定是王獻之所寫。還有另外一種唐硬黃紙本，也是十三行二百五十個字，並有唐代大書法家柳公權寫的跋。柳公權的名聲之大，是連外國人到了大唐，都要買他的字，"外夷入貢，皆別署貨幣貝，曰此購柳書"，而因為他是"初學王書，遍閱近代筆法"，以後才"自成一家"[50]，所以對二王的書法，也非常熟悉，在這一硬黃紙本的《洛神賦跋》中，他這樣寫道："子敬好寫《洛神賦》，人間合有數本，此其一焉。"[51] 不過，儘管他如此肯定，在趙孟頫看來，這還是唐人的書跡[52]。

而趙孟頫所記錄這兩種傳為王獻之寫的十三行，今天都可以見得到，唐硬黃紙本曾收入北宋所編《宣和書譜》，現在還有越州石氏本，晉麻箋本的刻石則是保存在首都博物館。

這是從書法史角度，可以看到的《洛神賦》的傳播。

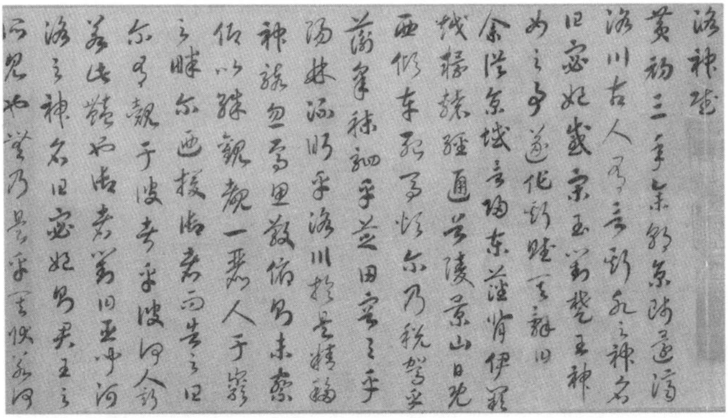

圖 6-1　宋高宗趙構草書《洛神賦》(局部)

圖 6-2　東晉王獻之楷書《洛神賦》拓本

五

　　正如《洛神賦》文學文本的流傳，作為書法的《洛神賦》，它的傳播軌跡，也彷彿草蛇灰線，並不是那麼有序而清晰。按照藝術史家石守謙的說法，關於王獻之寫《洛神賦》，早期的文獻記錄一直很模糊，要到宋代它忽然出現，才填補了這個缺口[53]。石守謙的這一描述，極其審慎、嚴謹，但是如果冒昧做一點想像和推測，則不妨說魏晉以來，《洛神賦》就一直是書家臨摹、拓寫的對象，即便現存的所謂王獻之《洛神賦》十三行，未必是王獻之親筆書寫，可是也能證明《洛神賦》這一文學文本，曾經是在歷代書法家的筆下輾轉流傳、生生不息，所以，除了《文選》所載，到如今還能看到柳公權、宋高宗、趙孟頫、文徵明、祝允明、董其昌、姜宸英、何紹基等人書寫的《洛神賦》。

　　而這也恰恰是《洛神賦》傳播史上最值得注意的一個特點。不管是由於甚麼樣的機緣，《洛神賦》在曹植寫出來不久，就被有名的書法家謄寫，隨後一而再再而三地被臨寫、複製，這個過程，同《洛神賦》被當成文學經典，一而再再而三地經人複製、效仿，從時間上看，幾乎是同步。書法和文學，看起來是兩個不同的領域以及不同的傳播路徑，但是在同一時期，它們應該是互相刺激、彼此促進的。

　　事實上，自從漢靈帝倡導"書畫辭賦"應該與經學享有同等地位[54]，便激發了越來越多的人研習書法。據西晉的張華說，曹操就寫一手不錯的草書，水平僅僅是在崔瑗、崔寔父子和張芝、張昶兄弟之下[55]。還有記載說，曹丕也曾寫了自己的文章詩賦，送給吳的孫權、張昭[56]，可見他對自己的文學和書法都很有自信，而這同時也說明在漢魏之際，就有以詩賦為內容的書法作品，詩書結合，已見端倪。正是在這樣的風氣下，從三世紀起，《洛神賦》便得到文學愛好者與書法愛好者共同的關注。

　　當然，書法欣賞與文學評論的標準不同，書法重視的不是文字表達的內容，而是文字書寫的形態，是翰墨輕濃、點劃分佈。所以，按照鍾繇的表述，就是寫字並無一定之規，大可"隨事從宜"，寫得滿紙像"穹隆恢廓"也好，"櫛比針列"也罷，只要每個字都有自己的特點、形狀，"或砥平繩直，或蜿蜒膠戾；或長邪角趣，或規旋矩折"，都行[57]。這是從書寫的角度，講書法為一種視覺的形象藝術。而齊梁時代的袁昂對於書法還有一種評價，他說王羲之的字"如謝家子弟，縱復不端正者，爽爽有一種風氣"，可是王獻之的字就略為遜色，是"如河洛間少年，雖有充悦，而舉體沓拖，殊不可耐"，羊欣的字又差了一截，"如大家婢女為夫人，雖處其位，而舉止羞澀，終不似真"，而陶弘景的字"如吳興小兒，形容雖未成長，而骨體甚駿快"，衛恆的字則"如插花美女，舞笑鏡台"[58]。這又是從觀賞的角度，講書法不光有形象，還像人一樣有內在的氣質。唐太宗最喜歡二王書法，他說他看王羲之的字，宛如煙露飄逸、龍鳳飛舞，從不使人厭倦："觀其點曳之工，裁成之妙，煙霏露結，狀若斷而還連，鳳翥龍蟠，勢如斜而反直，玩之不覺為倦，覽之莫識其端。"但是看王獻之的字，不免有枯樹之感，又很拘謹，"觀其字勢疏瘦，如隆冬之枯樹，覽其筆蹤拘束，若嚴家之餓隸"，佔了這兩個缺點，字就很有毛病了，"兼斯二者，故翰墨之病歟"[59]。這也是從觀看的角度，講書法的形式給人帶來的印象。

所以，唐代的張懷瓘在談到文章與書法的區別時，就說道："文則數言，乃成其意，書則一字，已見其心。"[60] 意思是文學作為一種語言的藝術，需要有一定數量的語言文字，組成句子、篇章，才能表達作者的想法，而讀者也是要在讀過若干字句、段落後，才能明白作者講的是甚麼，從這個意義上看，文學可以說是時間的藝術。但是書法不一樣，書法是只要有一個字，就能表現書法家的精神內涵，觀眾也是只要看了這一個字，便能立刻觸及書法家的內心，因為書法是形象的、視覺的、空間的藝術。

六

　　雖然説看書法與讀文學的方法不同，欣賞角度和評價標準都不一致，可是漢晉以來，喜歡書法與愛好文學的這兩個羣體，往往是互相交集而有重疊的。就説在東晉，《洛神賦》便同時受到琅邪王氏與陳郡謝氏這兩個家族中人的關注，一方面，王羲之、王獻之父子可能都寫過《洛神賦》；而另一方面，謝靈運確實寫有模仿《洛神賦》的《江妃賦》，謝惠連也寫有包含了《洛神賦》典故的《秋胡行》。

　　當然，王、謝兩家人還有很深的淵源。王羲之的叔父王導，就對謝靈運的曾祖父謝安非常器重[61]，而謝安又同王羲之父子頗有交情[62]。王羲之做會稽內史的時候，謝安也正在會稽，他們經常一起"漁弋山水"，"言詠屬文"，還在永和九年三月三日一同參加了蘭亭詩會[63]。王獻之從小就受謝安賞識，謝安後來拜衛將軍，馬上召他做長史，又特為他"書嵇康詩"[64]，當然王獻之也很感恩，謝安去世後，他特為上疏，稱謝安"實大晉之俊輔"，請求孝武帝給以殊禮。除了像謝安和王羲之父子這樣的密切交往，王、謝兩家還有婚姻上的聯繫，王羲之的另一個兒子王凝之，就娶了謝安之兄謝奕的女兒謝道韞，謝道韞也是謝靈運祖父謝玄的姊妹，所以她又是謝靈運的姑祖母。同時，謝靈運的母親劉氏還是王羲之的外甥女[65]。

因此，在王、謝這樣的家庭，受到文學和書法兩方面的薰陶，比如謝靈運，就不僅能撰文寫詩，也"能書，而特多王法"[66]，儘管後來王僧虔對他的字評價不高，説其"乃不倫，遇其合時，亦得入流"[67]，可是，沈約在《宋書·謝靈運傳》中，卻講他"詩、書皆兼獨絕，每文竟，手自寫之"，而他親筆寫的詩文，還被宋文帝當作"二寶"收藏[68]。他有個堂兄謝瞻，作《喜霽》詩，經過謝靈運"寫之"，又經過謝靈運族叔謝混"詠之"，便得到"三絕"的稱號[69]。

王、謝二家前後把握着東晉的政治命脈，是東晉最有權勢的家族，這兩個家族同時也造就、帶動了東晉的文化風氣，是文壇和書界的主流[70]。而《洛神賦》曾經就是在這兩個家族中，以文學和書法的形式，被不斷地效仿、複寫，這無疑使它的影響力倍增，使它傳播的範圍和生產的數量一再擴大，因而成為經典中的經典。

東晉的這種風氣延續到劉宋，便出現了劉鑠寫《水仙賦》，"當時以為不減《洛神》"的現象，《洛神賦》已經是賦的一個標杆。而劉鑠的父親，就是愛好二王書法也收藏謝靈運詩書"二寶"的宋文帝。據王僧虔説，宋文帝的字寫得也不錯，他"自云可比王子敬"，還有人拿他同羊欣比較，説他"天然勝羊欣，功夫少於欣"[71]。再到齊梁時代，風氣依然不改，《文選》編者蕭統的父親梁武帝，"搜訪天下"，收了幾百卷二王書帖，還叫人複製鍾、王書法。唐太宗對二王的喜愛也不用説，他甚至要親自為《晉書》的二王傳寫史評。後來的宋高宗也是追慕二王書法，臨寫過王羲之的《蘭亭》，又撰有《翰墨志》，所以，他見到殘存九行的《洛神賦》玉版，自然視之為珍寶，傳世又還有他寫在絹本上的草書《洛神賦》[72]。

過去講文學的傳播，大多是從文學文獻入手，考察的範圍往往限於文集、文選，這個方法是不錯的，可是很不夠。就《洛神賦》來説，便一定要打通文學和書法兩界，要看這兩方面的文本。當然，從文學研究的角度看，甄別書跡真偽，不是像書法史所強調的那麼重要，在文學史上，對一個作品的每一次臨摹、拓寫、翻刻、影印，都代表了這個作品的影響和傳播。因此，講到《洛神賦》的流傳，除了要知道它作為文學文本，曾經是怎樣藉助《文選》《曹子建文集》等被保存和傳播，也必須要知道它是怎樣作為書法，經歷了世世代代人的臨摹、複製，而這也是它流傳至今的一個非常重要的途徑。

註釋

1　姚思廉《梁書》卷八《昭明太子傳》。

2　王叔岷《鍾嶸〈詩品〉箋證稿》171、196 頁，台灣"中研院"文哲所 1992 年。

3　曹植《文章序》，《藝文類聚》卷五五《雜文一・集序》。

4　《三國志・陳思王傳》。

5　王叔岷《鍾嶸〈詩品〉箋證稿》149 頁。

6　謝靈運《江妃賦》，《藝文類聚》卷七九《靈異部下・神》。

7　謝惠連《秋胡行》，《藝文類聚》卷四一《樂部一・論樂》。

8　謝靈運《贈從弟惠連》，《文選》卷五二。

9　謝惠連《泛湖歸出樓中玩月》，《文選》卷二二。

10　江淹《雜體詩三十首・陳思王曹植》，《六臣註文選》卷三一。

11　江淹《水上神女賦》，《藝文類聚》卷七九《靈異部下・神》。

12　《舊唐書》卷一八九《儒學・歐陽詢傳》，中華書局 2017 年。

13　歐陽詢《藝文類聚・序》。

14　參見洪順隆《論〈洛神賦〉對六朝賦壇的投映》（《辭賦論集》157—172 頁），文章認為在曹植之後的諸多以麗色、麗人及美人、傷美人為題的賦中，都可見到《洛神賦》的投射。

15　沈約與陸厥書，《南齊書》卷五二《陸厥傳》。

16　梁武帝《戲作》，《〈玉台新詠〉箋註》卷七，吳兆宜註，272 頁，中華書局 1985 年。

17　《梁書》卷四《簡文帝紀》，中華書局校點本。

18　阮籍《詠懷詩》之二，《六臣註文選》卷二三。

19 《洛神賦》現存最早的版本，就是梁昭明太子撰三十卷《文選》所收。而根據《隋志‧總集類》的著錄，在《文選》編撰以前，曾有劉義慶撰《集林》一八一卷（梁二百卷）、《集林鈔》十一卷，同時又有沈約撰《集抄》十卷、丘遲撰《集鈔》四十卷（亡），這些總集都有可能收入《洛神賦》。《文選》而外，唐初歐陽詢撰《藝文類聚》，於卷八《水部上：洛水》錄有《洛神賦》的正文節略，卷七九《靈異部下：神》也錄有《洛神賦序》並其正文節略，由此亦可見《洛神賦》在唐前流傳的狀況。

20 《梁書》卷五《梁元帝紀》。

21 《〈金樓子〉校箋》卷三《說蕃》，許逸民校箋，654 頁，中華書局2011 年。

22 王叔岷《鍾嶸〈詩品〉箋證稿》129 頁。

23 《六臣註文選》卷三十《雜擬（上）》。

24 鍾會書《洛神賦》，見李嗣真《書品後‧上中品七人》（張彥遠集《法書要錄》卷三，人民美術出版社 2016 年），曰"吾家有小鍾正書《洛神賦》，河南長孫氏雅所珍好，用子敬草書數紙易之"。

25 《三國志》卷十一《魏書‧管寧傳附胡昭傳》。

26 參見王僧虔錄《羊欣採古來能書人名》（《法書要錄》卷一）。

27 《三國志》卷二八《鍾會傳》裴註引《世語》："會善效人書，於劍閣要（鄧）艾章表白事，皆易其言，令辭指悖傲，多自矜伐。又毀文王報書，手作以疑之也。"

28 見王僧虔《論書》（《南齊書》卷三三《王僧虔傳》）："張芝、索靖、韋誕、鍾會、二衛並得名前代，無以辨其優劣，唯見其筆力驚異耳。"

29 據宋中書侍郎虞龢《論書表》（《法書要錄》卷二）說，"大凡秘藏所錄……鍾會書五紙四百六十五字"。

30 《三國志》卷四《魏書・三少帝紀》裴註引《魏氏春秋》。

31 《羊欣採古來能書人名》(《法書要錄》卷一)。

32 王僧虔《論書》(《法書要錄》卷一)。

33 房玄齡等《晉書》卷八十《王羲之傳》並《晉王右軍自論書》(《法書要錄》卷一)。

34 陶翊《華陽隱居先生本起錄》(《雲笈七籤》卷一百七《紀傳部》，588頁，齊魯書社1988年)。

35 王利器《顏氏家訓集解》，572頁，中華書局1983年。

36 姚思廉《梁書》卷五一《陶弘景傳》。

37 《陶隱居與梁武帝論書啟九首・陶隱居又啟》(《法書要錄》卷二)。案，馮澄，原作“馬澄”。

38 《陶隱居又啟》(《法書要錄》卷二)。

39 參見陳寅恪《天師道與濱海地域之關係》之論天師道與書法關係，以為二王與陶弘景都是奉道世家並能書世家(《金明館叢稿初編》，上海古籍出版社1980年)。

40 《梁武帝答書》(《法書要錄》卷二)。

41 《陶隱居又啟》(《法書要錄》卷二)。

42 見郭沫若《由王謝基誌的出土論到〈蘭亭序〉的真偽》，《文物》1965年第5期；吉川忠夫《王羲之：六朝貴族の世界》，清水書院1997年第3刷。

43 見劉義慶撰、余嘉錫箋疏《世説新語箋疏》，621頁，上海古籍出版社1996年。

44 參見龔自珍《重摹宋刻〈洛神賦〉九行跋尾》《跋十三白玉本》，《龔自珍全集》第四輯《定盦遺著》299—300、301頁，上海人民出版社 1975 年。歷代碑帖法書選編輯組編《晉王獻之洛神賦十三行・説明》，文物出版社 1981 年；《洛神賦十三行舊拓四種》，齊魯書社 1981 年。

45 《宋書》卷六二《羊欣傳》。

46 《南齊書・王僧虔傳》並卷三三《劉休傳》。

47 見梁武帝《與陶隱居論書啟》、李嗣真《書品後・上中品七人》、張懷瓘《書斷下・能品》，《法書要錄》卷二、三、九。

48 《世説新語箋疏》142 頁。

49 黃伯思《跋草書〈洛神賦〉後》（《東觀餘論》卷下，中華書局 1991 年）。

50 劉煦等《舊唐書》卷一六五《柳公綽附柳宗元傳》。

51 柳公權跋王獻之《〈洛神賦〉十三行》（《快雪堂法書》第一冊，50 頁，北京日報出版社 1989 年）。

52 趙孟頫《〈洛神賦〉跋》（《趙孟頫文集》192 頁，上海書畫出版社 2010 年）。

53 石守謙《〈洛神賦圖〉：一個傳統的形塑與發展》（鄒清泉主編《顧愷之研究文選》99、103 頁，上海三聯書店 2011 年）。

54 《後漢書・蔡邕傳》載蔡邕建寧六年上疏。

55 《三國志・武帝紀》註引張華《博物志》。

56 《三國志・文帝紀》註引胡沖《吳曆》。

57 鍾繇《隸勢》，見衛恆《四體書勢》引，載《晉書》卷三六《衛恆傳》。

58 袁昂《古今書評》（《法書要錄》卷二）。

59 《晉書・王羲之王獻之傳》"制曰"。

60 張懷瓘《文字論》，《法書要錄》卷四。

61 《晉書》卷七九《謝安傳》。

62 《世説新語箋疏》538 頁。

63 《晉書・謝安傳》《王羲之傳》。

64 王僧虔《書論》，《南齊書・王僧虔傳》。

65 虞龢《論書表》，《法書要録》卷二。

66 虞龢《論書表》，《法書要録》卷二。

67 王僧虔《書論》，《南齊書・王僧虔傳》。

68 《宋書・謝靈運傳》。

69 《南史》卷十九《謝瞻傳》。

70 參見張可禮《東晉文藝綜合研究》第三章《門閥士族與東晉文藝》109—184 頁，山東大學出版社 2009 年。

71 《南齊書・王僧虔傳》並《法書要録》卷一。

72 據徐邦達《古書畫過眼録 —— 晉隋唐五代宋書法》（457—458 頁，湖南美術出版社 1987 年）説，元代趙岩有詩寫道："花石綱開四海分，西湖日日雨芳春。孔明二表無人讀，德壽宮中寫洛神。""德壽宮中寫洛神"一句，就是講宋高宗在《洛神賦圖》上題詩一事。

第七章

《洛神賦》轉化為圖

——畫家的第三隻眼

之髣髴也御者對曰臣聞河洛之神名

曰宓妃則君王之所見無乃是乎其狀

若何余告之曰其形也翩若

驚鴻婉若游龍榮曜秋菊華茂

春松髣髴兮若輕雲之蔽月飄飄兮

若流風之迴雪遠而望之皎若太陽

升朝霞迫而察之灼若芙蕖出淥波

穠纖得衷脩短合度肩若削成腰

言斯水之神名曰宓妃感宗玉對楚

神女之事遂作斯賦其詞曰

余從京域言歸東藩背伊闕越轘轅

經通谷陵景山日既西傾車殆馬煩爾

乃稅駕乎蘅皋秣駟乎芝田容與

乎楊林流眄乎洛川於是精移神

駭忽焉思散俯則未察仰以殊觀

睹一麗人于巖之畔乃援御者而告之

賦這種文體，與繪畫很接近，從漢代揚雄説："詩人之賦麗以則，辭人之賦麗以淫"[1]，到南朝齊劉勰説："賦者，鋪也，鋪采摛文，體物寫志也"[2]，都是認為賦講究華麗富奢，有排比鋪陳、狀物如繪的特點。要説詩像音樂的話，那麼賦就像繪畫。

漢魏時期的賦作家中，確實就有懂繪畫的人，比如張衡，他在一篇上疏中批評讖緯欺世罔俗，形容講讖緯的人"譬猶畫工"，就是最怕畫"犬馬"而專門畫"鬼魅"的，因為"實事難形，而虛偽不窮也"[3]。而據唐代張彥遠的《歷代名畫記》説，張衡本人確實會作畫，他有一次去畫山獸，為了不驚動它，還"拱手不動"，而"以足指畫獸"[4]。這當然是傳説，不怎麼可信。但是有可靠記載説，漢靈帝光和元年（178）建鴻都門學，就不光是招了懂經學、會寫古文字的人，還有善於寫辭賦、尺牘的人，又有劉旦、楊魯那樣的"畫手"[5]，而這樣一個匯聚了各種人才的官方機構的成立，不但意味着書法、繪畫都已能登堂入室，對於後來學術上的雅俗共處、藝術上的詩書畫交流，也有更大的促進作用。正是在這個時代，出現了像蔡邕這樣的"通才"，他會寫賦，文學才能自不必說，又善彈琴，是有名的琴師，還能寫篆書，並能作畫，漢靈帝曾要他為楊喜一家五代將相畫像，他畫了像以後，再作讚，然後親筆手書，畫、讚、書在當時被譽為"三美"[6]。

蔡邕和曹操是同時代人，曹丕說他們兩人是至交，有"管鮑之好"[7]，而曹丕、曹植都是在漢末建安時代的文化風氣中成長，這一時代最重要的文士，如王粲、阮瑀等人，也都受蔡邕影響，因此，曹植未必有蔡邕那種無所不通的才能，但詩賦以外，他對書畫也不陌生，特別是他的"死黨"即楊喜的後代楊修也是一個畫家，還列名在張彥遠的《敘歷代能畫人名》中[8]，他不可能沒有耳濡目染。而他自己就曾經寫過一部《畫讚》，是為從伏羲、女媧到漢武帝的幾十幅宮廷畫像題詞[9]。在《畫讚序》中，他還講到書畫同源：

> 蓋畫者，鳥書之流也。

他又藉漢明帝與馬皇后的對話，說明看畫像能使人見賢思齊，而繪畫還能夠寓教於樂：

> 昔明德馬［皇］后美於色，厚於德，帝用嘉［喜］之，嘗從觀畫，過虞舜廟［之像］，見娥皇、女英，帝指之

戲后曰:"恨不得如此〔人〕為妃。"又前見陶唐之像,
后指堯曰:"嗟乎,羣臣百像,恨不得為〔戴〕君如是。"
帝顧而笑〔誻嗟焉〕。故夫畫所見多矣。[10]

由此可見,曹植本人是有一定的繪畫修養,所以他能寫
《畫讚》,而以文字為"畫外音",替人物像做說明[11],如在《女
媧讚》中,他就以伏羲、女媧有七十變之神功,來解釋他們
為甚麼是人首蛇身:

或云二皇,人首蛇形。神化七十,何德之靈。[12]

現存漢代的一些伏羲、女媧像,恰可佐證曹植的描寫,
說明他將女媧圖轉換成"人首蛇形"幾個字,所言不虛。

二

這是講圖畫能夠轉換成文字，與此同時，也有畫家根據文字或文學來作畫。據西晉張華的《博物志》說，漢桓帝時，就有劉褒畫過《詩經》：

> 畫雲台閣，人見之覺熱，又畫北風圖，人見之覺涼。[13]

所謂"雲台閣"，大概是根據《大雅·雲漢》所繪，因為《雲漢》這首詩寫到周王在大旱季節，於"赫赫炎炎"，"如惔如焚"的酷暑中祈雨[14]。而"北風圖"，當然是根據《邶風·北風》所繪，因為《北風》這首詩寫的正是寒冬，有"北風其涼，雨雪其雱"的詩句[15]。張華在這裏誇獎劉褒畫極端天氣畫得逼真，使觀眾有身臨其境之感。

《詩經》三百首是西周至春秋中期的作品，屬於傳統的文學經典，在漢晉之際，它也成了重要的繪畫題材。據張彥遠《歷代名畫記》說，西晉的衛協也畫過《毛詩北風圖》，還畫過《毛詩黍離圖》，而《黍離》是《詩經·王風》中的一篇。晉明帝司馬紹則畫過《豳風七月圖》，也畫過《毛詩圖》，據說王獻之還在他畫的《毛詩圖》上題字[16]。值得注意的是，到了魏晉時期，不僅是《詩經》這樣的傳統文學經典，即便像《史記》《上林 (賦)》等並非那麼古老的著作，甚至是像"嵇康詩"這樣的當代作品，也都成了繪畫素材。比如，衛協就是既畫了《詩經》，也畫了《史記伍子胥圖》和《上林苑圖》。同樣，晉明帝也是既畫《毛詩圖》，又畫《史記列女圖》《息徒蘭圃圖》，還有《洛神賦圖》。

晉明帝是晉元帝司馬睿的長子，在位僅三年，死時才 27 歲。《晉書‧明帝紀》稱他有"文武才略"，喜歡文學[17]，《歷代名畫記》則說他擅長畫佛像[18]，傳世還有他寫的《墓次帖》[19]。他是現有文獻記載中第一個畫《洛神賦圖》的人[20]。

當《洛神賦》作為文學經典，同時也是書法範本，而在魏晉南北朝被頻繁效仿、複製的時候，畫家也利用它作繪畫的素材，這不是不可能的事情，因為在這個時代，文學、書法、繪畫融會貫通，不少人都有跨界的本領。比如王羲之的叔父王廙，就是能書也能畫，有"過江後晉代書畫第一"的稱號，同時，他還是晉明帝的繪畫老師。王羲之本人則不僅是後世所謂"書聖"，也善於畫人物、動物，會在扇子上寫書法，也會在扇子上畫人像，又能對鏡作"自畫像"。王獻之像他父親一樣，還為桓玄畫過扇面[21]。

就是在這樣的風氣之下，《洛神賦》成了文學界與書、畫界共享的經典。石守謙認為：“至遲至 12 世紀初時，《洛神賦》對人們而言，就不再只是一篇詩賦，而且同時是書法、繪畫傳統中的典範，它們共同結合成一個《洛神賦》的整體形象。”[22] 他是根據現存的《洛神賦》文本以及書、畫做出的這個判斷，但如果根據記載而不是實物推測的話，《洛神賦》同時受到文學家和書畫家的青睞，時間應該更早。

三

　　晉明帝所繪《洛神賦圖》當然早已不存，現在能夠看到最早的《洛神賦圖》，傳說是東晉顧愷之畫的。顧愷之是王獻之、謝靈運同時代人，"尤善丹青，圖寫特妙，謝安深重之，以為有蒼生以來未之有也"。據說他為謝安以及謝安的伯父謝鯤都畫過像，畫謝鯤在岩石裏[23]，給人留下印象很深。

　　桓溫拜大司馬時，召顧愷之為參軍，而桓溫的妻子又是晉明帝的女兒南康長公主。不知是不是緣於這層關係，後來人都相信在晉明帝以後，顧愷之是畫過《洛神賦圖》的最有名的畫家。桓溫的兒子桓玄也是一個狂熱的書畫愛好者[24]，以為自己的字可比王羲之，"自謂右軍之流"[25]，他拚命蒐集二王書法，也收藏顧愷之的畫[26]，還想叫羊欣做他的平西將軍參軍，被羊欣婉拒[27]。而這也就說明，在東晉中期以後至於晉宋之間，王獻之、顧愷之、謝靈運這些人，不光是書畫及文學領域中最活躍的人物，在他們當中，也有共享的人脈以及知識、趣味、經驗，有共同的讀者、觀眾。從這一點也可以想見，這些人對《洛神賦》都不陌生。

　　據說顧愷之喜歡嵇康的《琴賦》，因而作有《箏賦》[28]，又曾根據嵇康的四言詩《贈兄秀才入軍》作畫，因此有"手揮五弦易，目送歸鴻難"的繪畫經驗之談[29]，意思是畫一個人的眼神比畫他的動作要難多了。他在《畫論》中也談到過要怎樣用繪畫去表現詩，怎樣畫出嵇康詩中的"輕車迅邁，息彼長林"，畫好《詩經》裏的《邶風》，那些山水人物、狗馬台榭要怎麼佈置[30]。據說他畫過《列女仙》《鳧雁水鳥圖》《桂陽王美人圖》，也畫過《陳思王詩》。《陳思王詩》當然就是曹植的詩，是據曹植的詩作畫，要説他畫過《洛神賦圖》，也不是沒有可能。

但是，關於顧愷之畫《洛神賦圖》的記載，現在看見最早的也要到元代，見於湯垕的《畫鑒》。湯垕對顧愷之的畫有"如春蠶吐絲"的評論，説：

> 曾見《初平起石圖》《夏禹治水》《洛神賦》《小身天王》，其筆意如春雲浮空，流水行地，皆出自然。傅染人物容貌，以濃色微加點綴，不求暈飾。吳道玄早年常摹愷之畫，位置筆意，大能彷彿，宣和、紹興便題作真跡，鑒者不可不察也。[31]

湯垕為儒學教授，做過紹興路的蘭亭書院山長，他在京師與鑒畫博士柯九思論畫，因此作《畫鑒》。而在論及晉代繪畫時，他說也看見過顧愷之的《洛神賦圖》，可是，他知道傳世的顧愷之繪畫，有些出自唐代的吳道玄之手，吳道玄早期臨摹顧愷之畫，能夠以假亂真，宋人往往不懂得分辨，誤以為都是顧愷之真跡，這一點不可不知。

這樣到了明代末年，人們看見更多的《洛神賦圖》，有的在私人和古董商手裏，有的藏於石渠秘府，有的號為顧愷之原圖真本，也有的經考證就是北宋人摹擬唐人之作[32]，眾說紛紜，不過，大多數人都知道傳世的所謂顧愷之畫《洛神賦圖》，幾乎都出自唐宋人之手，不可能是顧愷之原作，頂多為其摹本，只不過大家都習慣性地稱作者為"顧愷之"。而據韋正對照考古材料的分析指出，這些傳世《洛神賦圖》的祖本，最早也早不過六朝，根本不可能是東晉人所繪[33]。

但是話說回來，即便現有的《洛神賦圖》都與顧愷之無關，在東晉南朝，已經有人根據《洛神賦》繪畫，這個判斷，應該是可靠的。南朝宋齊時代的丘巨源在一首《詠七寶扇》的詩裏，就寫到過《洛神賦圖》。他說：

> 妙縞貴東夏，巧媛出吳闈。
> 裁如白玉璧，縫似明月輪。
> 表裏鏤七寶，中銜駭雞珍。

畫作景山樹，圖為河洛神。

來延揮握玩，人與鑲釧親。

生風長袖際，晞華紅粉津。

拂眄迎嬌意，隱映含歌人。

時移務忘故，節改競存新。

卷情存象簟，舒心謝錦茵。

厭歌何足道，敬哉先後晨。[34]

　　丘巨源詩寫的這一把白絹團扇，不僅鑲有七寶，還畫了畫。所謂"畫作景山樹，圖為河洛神"，"景山樹"的典故，出於《詩經》的《商頌・殷武》："陟彼景山，松柏丸丸。"而"河洛神"的典故，毫無疑問指的是曹植的《洛神賦》。這首詩表明，在五世紀，《洛神賦》就不僅從文學變成了書法題材和文人畫的題材，還變成了扇子這一日常用品上的裝飾，而這也足以證明《洛神賦》的流行。

　　《洛神賦》作為繪畫題材的流行，與它作為文學經典和書法經典，一再被效仿、複製，在時間上是同步的。這是在曹植去世大約二百年前後，《洛神賦》在這一時期，已經不僅僅是以語言的、文字的形式，也是以圖繪的形象而傳播於世。

四

　　傳為顧愷之畫的《洛神賦圖》唐宋人摹本，流傳至今的有好幾種，比較常見的，一種是北京故宮博物院藏本，一種是帶有《洛神賦》文字的遼寧省博物館藏本，還有一種是美國弗利爾美術館藏本。對這些傳世的《洛神賦圖》，藝術史家過去比較側重在通過它們的風格及人物形象等細節，考證它們繪製的年代、可能的作者，而得出的結論，大體上都是說它們為宋人所臨摹，也可能有一個共同的六世紀南朝的祖本。基於這個結論，那麼來看《洛神賦圖》是怎麼描繪《洛神賦》的，這裏，將依據北京故宮博物院所藏絹本《洛神賦圖》[35]。

　　故宮博物院藏《洛神賦圖》是一個長 572.8 厘米、高 27.1 厘米的畫卷，按照過去人看卷軸畫的習慣，在看這幅畫時，首先看到的應該是畫的最前端，要隨着畫卷一點點打開，整個畫面才逐步呈現，一面表現為空間的延展，一面顯示時間在移動，可以說它是一個空間的藝術，也是一個帶有時間性的敘事藝術。在觀畫過程中，因此可以看到它上面的人物、動物、車船等，都是有方向性的，是朝着畫卷的尾部，有一個前進的姿態，而其中的牀榻、傘蓋、雉尾扇等物件，也都是微微傾斜，與人物的朝向一致，但人的衣服裙裾卻是朝反方向飄揚，似乎人是在逆風而行，水的流向也同風向一致。《洛神賦》的這種方向感、時間感，是由觀眾按照傳統方式看畫時的位置及視線移動決定的，到了今天，在博物館或者在畫冊裏，看到的都是平攤的畫面以及複製品，那種由卷軸一點點打開而帶來的動感、敍事性就消失了，"前後"都變成了"左右"。

但這裏仍然根據《洛神賦圖》的構圖和敍事，將它分成六個板塊：

圖 7-1，首先是兩名侍從牽着三匹馬，先是兩匹馬，一匹頭朝後，一匹低頭覓食，前方高坡上還有一匹翻轉倒地，正是"車殆馬煩"的樣子。隔了一片樹林，再往前，是一羣九個人側身站在平緩之地，目光朝前。中間靠前的一個人，長袍寬袖、頭戴樑冠，是君王裝扮 36，在他身後有人舉着傘蓋，有人腋下夾一卷棋子方褥。他們的前方是河流。

圖 7-2，君王視線投向的前方，是洛神。她頭頂上有雙環髻，手握一把團扇，正身站在水中央 37，河水沒過了她的腳面，裙裾輕輕向後飄拂。她扭臉向後，與君王視線相接 38。在她周圍是高高低低的山巒岩石，山上有樹，河邊有菊花。她的頭頂上方還有一團雲氣，一邊是騰空的飛龍，飛龍之上又有兩隻騰飛的鳥兒，另一邊是一輪紅日。轉過一道彎再往前

去，有幾個連續的洛神形象：第一個依然是水中的洛神，她
側身向後，微微頷首，正在捋袖子。第二個是在第一個洛神
畫面的上方，隔了河岸邊的石頭，已經到了陸地上的洛神，
她側身向前，左手握書，身邊有旗和旄（在遼寧本中，這個洛
神的對面，是君王和他三個侍從，似乎在與洛神交談）。在這
第二個洛神的前方下面，是第三個洛神，她又回到水中，正
回過身同另一個女性相向而戲，那個女性露出後背。再往前
靠上的位置，是第四個洛神，她再次踏上陸地，仍然是正身
側臉與另一個女性談話（遼寧本在這兩個洛神之間，寫有“或
戲清流，或翔神渚”）。然後是第五個洛神，她又是在水裏，
側臉看向後方，姿態表情都很溫婉。最後一個洛神還是在水
裏，身邊是追隨她的一個女性[39]。這一塊，總共有七個位置錯
落、姿態不同的洛神，代表着君王看到的洛神，有時是在水
裏，有時是在陸地，而她身邊景物和人的變化，也表示她在
活動中，並有自己的夥伴。

圖 7-3，再往前，是君王坐在樹下的牀榻上，若有所思，
他背後有五個侍從，其中兩個人舉着雉尾扇，而洛神就站在
他的正前方，臉側向他，是與君王交談的樣子。

圖 7-4，在洛神前方頭頂之上，是張着大嘴的風神屏翳，
風神的下面是踏着波濤的川后，再往前看，還有女媧，女媧

對着一張大鼓，正在擊鼓的是馮夷。

　　圖 7-5，又隔了一大片山石樹木，是君王與他的三個侍從，其中一個侍從舉着傘蓋，另有一個腋下夾了一卷竹書，在他們的前方，是正要入水的洛神。洛神蹲身騎在魚背上，眼前是一片汪洋（遼寧本寫有 "騰文魚以警乘……"）。再轉過去，河面更寬，河中有一輛六龍駕的雲車，雲車兩邊各有一條大魚，又有兩匹白馬緊隨車後。洛神手持團扇，和隨行的女性並坐車上，但是扭頭向後望去 [40]。

　　圖 7-6，隔着一座山及山上的綠樹，是君王乘坐的大船在水中 [41]，船有兩層，底下一層有兩名撐船的艄公，上面一層坐着手握團扇的君王，他身後還有兩名女侍。再往前又到了陸地，君王獨坐牀榻，有一個侍從在前面作引路狀，另一個在他身後舉着傘蓋。又往前，隔着一些山和樹，是君王坐在車上，有六匹馬駕車，有三四個騎馬的侍從。君王手握團扇，和一個侍女並肩而坐。車正在飛奔向前，而他卻頭向後轉，似乎戀戀不捨。

　　以上六幅畫面，正好對應着第四章分析的《洛神賦》五個段落（4-2，4-3，4-5，4-6，4-7），可以看到畫面是根據《洛神賦》的文字而來，基本上是對文字的圖解。而這一點，在遼寧本帶有文字的《洛神賦圖》上看得更清楚，因為它的每一幅畫面都配合一段賦文，説明了這些畫的內容是從何而來，是怎樣從文字變成圖像。

　　"余" / 君王與麗人 / 洛靈邂逅的故事，就這樣隨着這一畫卷展開，被以圖的形式徐徐道出。

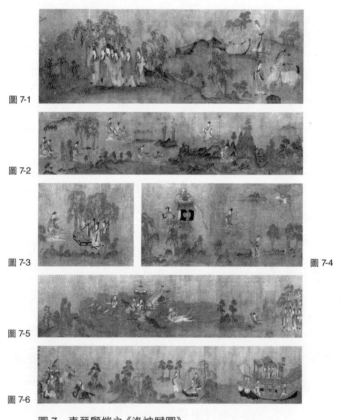

圖7-1

圖7-2

圖7-3　　　　　　　　　　　　　　　　　　　　　　圖7-4

圖7-5

圖7-6

圖7　東晉顧愷之《洛神賦圖》

五

但是，當文字轉換成畫面以後，有一些特別值得注意的地方：

首先，是在賦轉為圖以後，原來《洛神賦》中只有一個主角，即麗人／洛靈，但是變成了繪畫，就有了君王和洛神兩個主要人物。因為賦是以第一人稱所寫，敘述者"余"在文字中本來是隱身無形的，只可聞不可見，可是到了《洛神賦圖》裏，為了表達"余"／君王和麗人／洛靈的關係，必須要將隱形的"余"形諸圖像，這一來，作為敘述者的"余"便由隱而顯，由無形變成了一個有樣有貌的君王。

其次，是對洛神容顏、行止的描繪，在《洛神賦》中原來佔有巨大篇幅，這是文字不得已的地方，而到了《洛神賦圖》裏，那些反反覆覆的語言、重重疊疊的鋪敘，只需要用一個空間、一個平面，就能夠充分展示。可是相反的，在《洛神賦》中本來沒有面目而只有心理活動的"余"，形諸圖像之後，也需要有一個空間、有一定的篇幅，而這就導致在《洛神賦圖》裏，"余"不僅是以一個君王的樣貌出現，這個君王的形象還很突出，幾乎是與洛神平分秋色。

最後，是在整個畫卷中，洛神有時在水裏有時在陸地，與君王及其侍從一直在陸地不同，洛神之為洛河中的神靈，一望即知，不需要做另外的說明。中間洛神有兩次到岸上，表示她和君王有面對面的交流，而最後君王乘船在河裏，則是為了追隨洛神。陸地與河流，是這長卷不斷變換的兩個場景，它們交替出現，不僅講述了君王邂逅洛靈又得而復失的經過，也讓整個畫卷的構圖有所變化，賦予它變換的節奏。也正因為繪畫有它自己的構圖需要，有畫面的節奏和平衡感，不能完全照着文字來，所以，《洛神賦》本來的五個段落，到了《洛神賦圖》，就變成了六幅畫面，新增加的是圖 7-6 洛神入水而與君王對視的這一畫面，就是從《洛神賦》4-5 的"陳交接之大綱"這一句話敷衍出來的。

總之，《洛神賦圖》雖然是取材並忠實於《洛神賦》，但畫家仍然有他的"第三隻眼"，在遵循文字作畫的時候，實際上是在進行"二度創作"，是用畫家的筆墨，講述《洛神賦》作者寫賦的過程。因此，畫家不是僅僅依靠文字描寫而畫出洛神的樣子，也能夠在文字空白處，畫出他想像的賦作家"余"的形象，並使《洛神賦》作者與他筆下的洛神，同時出現在一個畫面，置身於同一時空。

這就使得《洛神賦》轉化成《洛神賦圖》以後，"她"和"余"的故事，也就變成了"她"和"他"的故事。

六

　　由於《洛神賦圖》的出現，將《洛神賦》這一語言文字構成的文學，變成藝術史家石守謙所説"可見的形象"，君王"余"和麗人洛靈邂逅的故事，便有了繪畫的表現，而為視覺藝術所陳述。在《洛神賦圖》裏面，不僅賦中寫到的車馬舟船、景山洛河、風神河伯、馮夷女媧等，都被付諸圖像，甚至是賦中對麗人"翩若驚鴻，婉若遊龍，榮耀秋菊，華茂春松""皎若太陽升朝霞"的描寫，也被賦予圖形，在這個意義上，可以説《洛神賦圖》是對《洛神賦》不折不扣的"圖解"。

　　但是，圖到底與賦不同。與賦這一文學形式相比，繪畫自有它直接呈現形象的長處，比文字寫成的文學文本，似乎更容易為人接受、便於傳播，流傳至今仍有好幾種唐宋時期人所繪《洛神賦圖》，就可證明這些畫作曾經是多麼受歡迎！只不過本來是由語言文字創造出來的存在於人們想像中的洛神、君王等形象，一旦被形之於圖，成為可見的視覺形象，又在《洛神賦圖》的不斷被複製中固定下來，它也會限制文學曾經帶給人們的無邊想像。

　　因此，《洛神賦圖》的出現，對《洛神賦》來説是一把雙刃劍。一方面繪畫的傳播，足以帶動並擴大它的文學影響，可是另一方面，由於在文字轉換成繪畫的過程中，"余"和麗人洛靈的邂逅，被描繪成了一個在侍從簇擁下的君王與一個出入於水中、陸地的洛神的邂逅，使看圖而有先入為主印象的人，到讀賦的時候，便會簡單地帶入這個印象，而將《洛神賦》就理解為那樣一個君王與洛神的故事。如果要給君王起一個名字，那麼他的名字就是曹植，即《洛神賦》的作者。

應該說，是《洛神賦圖》強化了讀者的一個觀念，以為《洛神賦》寫的就是曹植與洛神的邂逅。直到今天，藝術史學者在解讀《洛神賦圖》的時候，也幾乎是無一不將其中的君王，就視作曹植本人[42]。

註釋

1 揚雄《法言》卷二《吾子》，汪榮寶註疏《法言義疏》，陳仲夫點校，中華書局 1987 年。

2 范文瀾《文心雕龍註》134 頁。

3 張衡上疏，見《後漢書·張衡傳》。

4 見張彥遠著《歷代名畫記》卷四，俞劍華註釋，上海人民美術出版社 1964 年。

5 《後漢書》卷八《靈帝紀》、卷六十《蔡邕傳》並《歷代名畫記》卷四。

6 《歷代名畫記》卷四。

7 見魏文帝《蔡伯喈女賦序》曰："家公與蔡伯喈有管鮑之好，乃命使者周近持玄玉璧於匈奴贖其女還，以妻屯田郡都尉董祀。"（《太平御覽》卷八〇六《珍寶部·璧》，中華書局影印本）。

8 《歷代名畫記》卷一；又據《歷代名畫記》卷四記載，當時畫家有曹髦、楊修、桓範、徐邈四人，而楊修"與陳思王友善"。

9 《隋書·經籍志》著錄"《畫讚》五卷，漢明帝殿閣畫，魏陳思王讚"。

10 曹植《畫讚》，引自《藝文類聚》卷七四《巧藝部·畫》，並據《太平御覽》卷七五〇《工藝部七·畫》所引參校，【】內字即為《太平御覽》所載。

11 參見周錫馥《論"畫讚"即題畫詩》（《文學遺產》2000 年第 3 期），他認為曹植的《昇天行二首並序》也可能是因觀畫而寫的詩。

12 曹植《女媧讚》，引自《藝文類聚》卷十一《帝王部·帝女媧氏》。

13 張華《博物志》，引自《太平廣記》卷二一《畫一》。案《歷代名畫記》卷四題作《雲漢圖》。

14 《詩經·大雅·雲漢》，朱熹集註《詩集傳》211 頁，上海古籍出版社 1980 年新 1 版。

15 《詩經·國風·北風》,《詩集傳》25 頁。

16 見《歷代名畫記》卷四。案顧愷之所繪《陳思王詩》,據郭若虛《圖畫見聞志》(上海人民美術出版社 1964 年) 卷五,又題作《清夜遊西園圖》,當是從曹植《公宴》詩 "公子敬愛客,終宴不知疲。清夜遊西園,飛蓋相追逐" 而來。

17 《晉書》卷六《明帝紀》。

18 《歷代名畫記》卷五。

19 晉明帝書《墓次帖》,見《宋拓淳化閣帖》卷一《歷代帝王法帖》,中國書店影印 1988 年。

20 《歷代名畫記》卷四。並參見鄒清泉《顧愷之研究綜述》(《顧愷之研究文選》9 頁)、陳葆真《從遼寧本〈洛神賦圖〉看圖像轉譯文本的問題》。

21 《歷代名畫記》卷四。

22 石守謙《〈洛神賦圖〉:一個傳統的形塑與發展》,《美術史研究集刊》2007 年。

23 《晉書》卷九二《文苑·顧愷之傳》。

24 《晉書》卷九九《桓玄傳》。

25 王僧虔《論述》,《南齊書》卷三三《王僧虔傳》。

26 《晉書·顧愷之傳》。

27 《宋書》卷六二《羊欣傳》。

28 《晉書·顧愷之傳》

29 見《世說新語》並劉孝標註引宋明帝《文章志》及《續晉陽秋》,《世說新語箋疏》275、718、720 頁。

30 顧愷之《畫論》(《歷代名畫記》卷五)。

31 湯垕《畫鑒・晉畫》，人民美術出版社 2016 年。

32 參見俞劍華、羅尗子、溫肇桐編著《顧愷之研究資料》（174—194 頁，人民美術出版社 1962 年）；尹吉男《明代後期鑒藏家關於六朝繪畫知識的生成與作用：以 "顧愷之" 的概念為線索》（《文物》2002 年第 7 期）。

33 見韋正《從考古材料看傳顧愷之〈洛神賦圖〉的創作時代》（2005），並參見陳葆真《從遼寧本〈洛神賦圖〉看圖像轉譯文本的問題》。

34 丘巨源《詠七寶扇詩》，引自《玉台新詠箋註》卷四，中華書局 1982 年。

35 北京故宮博物院藏絹本《洛神賦圖》，見張安治編《中國美術全集・繪畫編 2・原始社會至南北朝繪畫》，130—131 頁，人民美術出版社 2015 年。

36 據俞劍華在《〈洛神賦圖卷〉的內容、畫法及時代》（《顧愷之研究資料》192 頁）中分析，《洛神賦圖》中曹植手扶侍臣且形體較他人為大的畫法，與閻立本《歷代帝王圖》、敦煌壁畫唐代所畫 "維摩文殊問答" 中的帝王畫法一般無二。

37 據顧森《秦漢繪畫史》（239 頁，人民美術出版社 2000 年）說，《洛神賦圖》在山、水、樹的處理上，頗取法四川德陽出土的漢畫磚《採蓮圖》，水面廣闊，遠處是羣山，山上有林木。

38 據俞劍華《〈洛神賦圖卷〉的內容、畫法及時代》（《顧愷之研究資料》194 頁）說，《洛神賦圖》中婦女的纖腰長身，完全是六朝風度。

39 袁根有等《顧愷之研究》（97 頁，民族出版社 2005 年）說此處或可能殘缺，可參見遼寧本《洛神賦圖》。

40 俞劍華《〈洛神賦圖卷〉的內容、畫法及時代》（《顧愷之研究資料》193 頁）說飛龍駕車、翠葆飄揚的景象，在漢代畫像石和敦煌西魏窟頂壁畫中均可見，屬於傳統題材，也是一種流行畫法。

41 據石守謙《〈洛神賦〉：一個傳統的形塑與發展》分析，這隻大船的結構，與北宋大型河船若合符節，很接近傳為郭忠恕的《雪霽江行圖》(11 世紀)，可以證明是宋人對六朝的想像。

42 參見俞劍華《〈洛神賦圖卷〉的內容、畫法及時代》、韋正《從考古材料看顧愷之〈洛神賦圖〉的創作時代》、石守謙《〈洛神賦圖〉：一個傳統的型塑與發展》、陳葆真《從遼寧本〈洛神賦圖〉看圖像轉譯文本的問題》，並參見吉川幸次郎為伊藤正文註《曹植》(岩波書店 1958 年)所寫《跋》(220 頁)，其中説《洛神賦》是否為甄皇后所寫，姑且擱置不論，而現存弗利爾的《洛神賦圖》，據傳是顧愷之畫的摹寫，其中人物便是曹植。

第八章

對《洛神賦》及圖的歷史解讀

——為甚麼是甄后

言斯水之神名曰宓妃感宗玉對楚王
神女之事遂作斯賦其詞曰
余從京域言歸東藩背伊闕越轘轅
經通谷陵景山日既西傾車殆馬煩尓
乃稅駕乎蘅皋秣駟乎芝田容與
乎楊林流眄乎洛川於是精移神
駭忽焉思散俯則未察仰以殊觀
睹一麗人于巖之畔乃援御者而告之

　　《洛神賦》在東晉以後，就不再是作為單一的文學，同時
也作為書法、繪畫作品，被不斷地複製、模仿，普及開來，又
在普及的過程中，被不斷經典化、樣板化。它的經典化、樣
板化過程，與它被不同媒介推廣、傳播的過程，是完全一致的。

　　到了唐代，由於科舉要考詩賦，蕭統編《文選》又成為新
一代士人舉子的必讀書[1]，《洛神賦》在《文選》裏面，自然隨着
《文選》也成為唐代讀者眼中的文學經典。可是，四百年後的
讀者去看漢魏時代作品，已經有了很多障礙，不光是語言文
字的隔閡，對於作品產生的時代，涉及的人物、歷史，也都
不很清楚，所以在唐代初期，就有李善這樣的學者來為《文
選》作註釋，以"金針度人"[2]。

　　在註釋到《洛神賦》時，李善引用了一篇他稱作《記》的
文字，說：

　　　魏東阿王漢末求甄逸女，既不遂，太祖回與五官中
　郎將。植殊不平，晝思夜想，廢寢與食。黃初中入朝，
　帝示植甄后玉鏤金帶枕，植見之，不覺泣。時已為郭后

讒死，帝意亦尋悟，因令太子留宴飲，仍以枕賚。

後植還，度轘轅，少許時，將息洛水上。思甄后，忽見女來，自云：「我本託心君王，其心不遂。此枕是我在家時從嫁，前與五官中郎將，今與君王，遂用薦枕席，歡情交集，豈常辭能具。為郭后以糠塞口，今被髮，羞將此形貌重睹君王爾。」言訖，遂不復見所在，遣人獻珠於王，王答以玉佩，悲喜不能自勝，遂作《感甄賦》。後明帝見之，改為《洛神賦》。

這篇《記》記載的是《洛神賦》的寫作緣由。它說那是在漢末，先是曹植愛上了甄逸的女兒，可是曹操卻將她許配給了曹丕，曹植耿耿於懷，黃初年間，他到洛陽，見到登基後的曹丕即魏文帝，那時甄逸之女也就是甄后已經在郭后的誣陷下被迫自殺，文帝拿出甄后的玉鏤金帶枕頭給他，他睹物思人，淚如雨下。文帝也有一點後悔，便讓太子曹叡陪他吃飯，還將甄后的遺物留給他。這樣，在返回的路上，曹植因為思念甄后，在半睡半醒之間，竟然見到她前來，向曹植傾訴自己對他的感情以及遭郭后迫害的真相，又說玉鏤金帶枕能代表她對曹植最深的情誼。曹植悲喜交加，於是寫下《感甄賦》。這篇賦，後來被魏明帝看到，又改名為《洛神賦》。

關於李善註引的這篇《記》，學術界有過一些討論，有人推測它的全名應該是《感甄記》，既見於李善註，當然是李善以前的人所寫。但也有人指出它本來不在李善註中，是南宋尤袤刻《文選》的時候才補進去的[3]，這麼説，它的寫作年代就可能沒那麼早，大約是唐宋之間。兩種意見綜合起來看，稱《洛神賦》的寫作是由於"感甄"，有這個説法，最早可能是在唐代以前，最晚也是在宋以前。不過，李商隱有一首題為《東阿王》的詩，在詩裏面就寫到曹植與甄后的戀情："國事分明屬灌均，西陵魂斷夜來人。君王不得為天子，半為當時賦洛神。"這可以證明"感甄"的解釋，在唐代已經很流行，《記》應該是唐人或唐以前人所作。

可是《記》的這個説法，雖然在唐宋之間流行，也有人早就指出它不可信。比如，南宋的劉克莊就認為《洛神賦》是一個"寓言"，他還引九世紀唐代人唐彥謙的一個看法，説曹植不可能與甄后戀愛，這是後來"好事者"不顧歷史事實的穿鑿附會：

> 《洛神賦》，子建寓言也。好事者乃造甄后事以實之，使果有之，當見誅於黃初之朝矣。唐彥謙云："驚鴻瞥過遊龍去，虛惱陳王一事無。"似為子建分疏者。[4]

而據近代學者盧弼考證，當年甄氏與曹丕結婚時，曹植才 13 歲，他怎麼可能對長他十歲的甄氏產生愛情[5]？繆鉞也說，既然元稹有詩寫"思王賦《感甄》"，李商隱詩也寫"宓妃留枕魏王才"，"感甄"的傳聞，可知是出自唐人小說，李善註引的《記》，應當是李善以後的人所增補[6]。

二

　　這些是學者的駁論，都認為《記》的內容，即是説把《洛神賦》當作曹植為懷念甄后而寫，這是後人的捏造，毫無根據，放回到歷史中去，也根本説不通。但是學者言之鑿鑿，他們的批駁論證卻不容易為《洛神賦》的廣大受眾接納，所以到了明代，也還有汪道昆這樣進士出身的人，照樣利用"感甄説"，編出"部中的一段新詞《洛神記》"[7]，以吸引普通的戲曲觀眾。

　　《洛水悲》的主題，據汪道昆説，便是"神人結好重淵"即人神之戀，而戲中人物，一旦一生，旦角演的是洛神，生角扮的就是陳思王曹植。可是旦一出場，自報家門，就説自己是"待字十年，傾心七步"的甄后，如今"託為宓妃，待之洛浦"，為的是來"與陳思王相會"。而生聽她説到"妾乃洛水之神，居此數千年矣"，一開始也並不敢相信，急忙向她確認："洛水之神乃伏羲氏之女，名曰宓妃，不知是否？"又背過身去自言自語道："宓妃容色分明與甄后一般，教我追亡拊存，好生傷感人也。"汪道昆畢竟是有學問的人，戲寫到這裏，他讓旦自稱甄后，但是"託為宓妃"，這就巧妙避開了與一般人更熟悉的宓妃為伏羲女兒的傳說的矛盾。同時在戲中，他讓生一面唸着《洛神賦》，一面又朗誦曹植的《贈白馬王彪》詩，這一賦一詩的無縫對接，讓生扮演的陳思王曹植既是詩的作者，又是賦中的"余"，"余"和詩作者曹植這兩個形象也就自然重疊，合二為一。

《洛水悲》是根據《洛神賦》編排，而汪道昆在細節上做的這些彌補和鋪墊，讓這齣戲看起來不但忠實於《洛神賦》，也似乎非常忠實於歷史，盡善盡美。儘管他的出發點，同李善註引的《記》並無不同，不過由於他更縝密，使原來粗糙的傳聞變得更加可信，由此《洛水悲》也就成了梅蘭芳後來新編《洛神》的最重要依據。

從學術的立場看，當然傳聞不足信，但這裏要說的是，像《記》所載傳聞，如果確實產生在唐代，這一信息本身就很耐人尋味。因為《記》的這種説法，歸根結底是在對《洛神賦》這一文學進行非文學的歷史解讀，是將作者曹植放到他自己的作品裏，對號入座，視之為其中的"君王"，認定賦中第一人稱的"余"就是作者本人。而關鍵是，這種解讀正是出現在《洛神賦圖》產生之後。《洛神賦》的內容，經過畫家用他特有的繪畫語言表達，也就是將賦的作者與賦中人物放在同一個畫面加以描繪，因而創造出《洛神賦圖》，其實是一種全新的對《洛神賦》的敍述時，當熟悉了《洛神賦圖》的觀眾又根據他們從圖中得到的印象，再重新進入《洛神賦》這一文學文本，那時，便會有如《記》這樣的聯想。

東晉南北朝隋唐時期，正是《洛神賦圖》流行的時代，在文學轉寫為繪畫後，繪畫的那種在同一空間裏的即視感，它一目了然的邏輯，又深深地反過來影響到本來是歷時的、需要涵詠沉澱的文學閱讀。而正是在這種繪畫語言的影響之下，《洛神賦》首先變成了曹植的"自傳"，那麼，賦中的麗人／洛靈又是影射誰呢？這才有了甄后的出場，甄后成了洛靈，也成了曹植愛慕的對象。

但問題是，為甚麼偏偏選擇了甄后？

　　甄后，是見於《三國志‧魏志‧后妃傳》的人物，歷史上確有其人。據《三國志》裏的《甄皇后傳》説，她祖上有人做到漢太保，父親甄逸為上蔡（今河南上蔡）令，死於她3歲時。她在建安初期先同袁紹的兒子袁熙結婚，建安九年（205），曹操攻佔鄴城，將她俘虜，許配給曹丕，生下曹叡與東鄉公主。建安二十五年（220），曹丕為魏王，隨後稱帝，這時曹丕已移情於郭氏，同時享受着漢獻帝兩個女兒的侍奉，將甄后獨自留在鄴。而甄后不滿，常有怨言，讓曹丕很惱火，在黃初二年（221）命令她自殺，"帝大怒，二年六月，遣使賜死，葬於鄴。"隨之不顧大臣的反對，立郭氏為皇后。這是《三國志》所記載甄后的一生。

　　不過，《三國志》也記載了曹丕在位不過七年，此後，是曹叡繼位為魏明帝，在魏明帝在位的十三年，他對自己的親生母親甄后一直念念不忘，始終在向世人宣佈"天子羨思慈親"，同時舉辦各種追悼儀式、追思活動，不斷宣傳他母親是怎樣一個慈愛的、了不起的人物，"誕育明聖，功濟生民，德盈宇宙"，並為紀念他母親的文昭廟，爭取到了"世世享祀奏樂，與祖廟同"的待遇[8]。在他堅持不懈的努力下，雖然甄后生前的處境每況愈下，死得也很慘，但在死後的相當長一段時間裏，卻是活在人們的記憶當中，形象也越來越有光輝。

也就是在這一段時間，有關甄后的傳聞，尤其是她死得冤枉的傳聞，也發酵得厲害，四處散佈，往往摻雜着對曹丕的譴責。在《三國志》的《方技傳》裏，陳壽就寫道：當曹丕下令甄后自殺，晚上他就夢到有青氣上揚，"自地屬天"。他去問會占夢的周宣，周宣說這表示"天下當有貴女子冤死"。他恍然大悟，趕緊再派了人去收回前命，可是已經來不及[9]。在《三國志》裏，陳壽對曹丕這個人，整體上還是相當肯定的，不過，他寫到曹丕對於賜死甄后曾有所悔悟，已經是委婉表達了在他看來賜死甄氏是個錯誤的這一層意思。

陳壽表達的不是他一個人的意見，據《三國志》裴松之註引的魚豢撰《魏略》說，當初曹丕強迫甄后嫁給他，就是貪戀甄后的美貌：

> （袁）熙出在幽州，（甄）后留待姑。及鄴城破，紹妻及后共坐皇堂上。文帝入紹舍，見紹妻及后。后怖，以頭伏姑膝上，紹妻兩手自搏。文帝謂曰："劉夫人云何如此？令新婦舉頭！"姑乃捧后令仰，文帝就視，見其顏色非凡，稱歎之。太祖聞其意，遂為迎取。[10]

在魚豢所撰《典略》中，還講到過甄后嫁入曹家頭幾年的情形。那時曹操對她也很看重，哪怕是為丞相掾的劉楨，得罪了她都不行：

……楨辭旨巧妙皆如是，由是特為諸公子所親愛。其後太子嘗請諸文學，酒酣坐歡，命夫人甄氏出拜。坐中眾人咸伏，而楨獨平視。太祖聞之，乃收楨，減死輸作。[11]

但是魚豢也說，曹丕對甄后並不是始終珍惜，甄后死去，連好好地安葬她都做不到，這才導致魏明帝成年登基後，心中陰影不散，並以他母親受到過的虐待方式同樣報復了郭太后：

明帝既嗣立，追痛甄后之薨，故（郭）太后以憂暴崩。甄后臨歿，以帝屬李夫人，及太后崩，夫人乃說甄后見譖之禍，不獲大斂，被髮覆面。帝哀恨流涕，命殯葬太后，皆如甄后故事。

魚豢是三國時的魏人，他記錄下來的應該都是魏人的傳說，這幾條，大約都是在魏明帝大張旗鼓地追悼甄氏之後，於社會上傳播的所謂街談巷議、野史雜說。

但不管是像魚豢所寫這種半真半假的道聽途説，還是陳壽出於“為尊者諱”的正統史家觀念而做的謹慎紀錄，在魏晉時期的傳言中，都可以看到甄后是一個善良、尊貴而又無辜、不幸的女性，這是她在歷史上留下的形象。也因此，再到後來有關她的傳聞，大體上都是像東晉的習鑿齒在《漢晉春秋》裏所説：

> 初，甄后之誅，由郭后之寵，及殯，令被髮覆面，以糠塞口。遂立郭后，使養明帝。帝知之，心常懷忿，數泣問甄后死狀，郭后曰：“先帝自殺，何以責問我？且汝為人子，可追讎死父，為前母枉殺後母邪？”明帝怒，遂逼殺之，勅殯者使如甄后故事。[12]

這個故事，幾乎是照搬魚豢的《魏略》，但是增加了魏明帝與郭太后的對話，使捲入甄后之死事件中的每一個人，形象都更加鮮明。

在同是晉人撰寫的《魏末傳》裏，也記載有甄后之死在魏明帝心理上留下的嚴重創傷：

> （明）帝常從文帝獵，見子母鹿，文帝射殺鹿母，使帝射鹿子，帝不從，曰：“陛下已殺其母，臣不忍復

殺其子。"因涕泣。文帝即放弓箭，以此深奇之，而樹
立之意定。[13]

這裏主要講魏明帝是怎樣得到父親的肯定而立太子，但
是在這個故事中，魏文帝既被寫成是殺死甄后的兇手，又能
容忍兒子的指責，似乎內心極為複雜，也極端冷酷。

而像這樣帶有褒貶之意的傳聞，在南朝宋人劉義慶編撰
的《世說新語》裏還可以看到一些，例如，《惑溺》篇就記載
有一個傳聞，說曹操是為了得到甄后，才去攻打鄴城：

> 魏甄后惠而有色，先為袁熙妻，甚獲寵。曹公之屠鄴也，
> 令疾召甄，左右白："五官中郎已將去。"公曰："今
> 年破賊正為奴。"[14]

這個傳說，大概還是從魚豢《魏略》的記載而來，不過添
枝加葉，更多了一些對曹操父子的嘲諷。

又如《賢媛》篇說：

> 魏武帝崩，文帝悉取武帝宮人自侍。及帝病困，卞
> 后出看疾。太后入戶，見直侍並是昔日所愛幸者，太后問：

"何時來邪？"云："正伏魄時過。"因不復前，而歎曰："狗鼠不食汝餘，死故應爾！"至山陵，亦竟不臨。[15]

這個故事，本意在讚揚卞太后，説她當曹丕病重，才發現這個兒子原來在曹操屍骨未寒時，就已經把他父親的隨身侍從調到自己身邊，她痛恨曹丕的權力慾膨脹，到曹丕嚥氣時也再沒有去看他。藉卞太后之口怒罵曹丕，對曹丕的非議，已經是很明顯。

而《尤悔》篇説：

魏文帝忌弟任城王驍壯，因在卞太后閣共圍棋，並噉棗。文帝以毒置棗諸蒂中，自選可食者而進，王弗悟，遂雜進之，既中毒，太后索水救之，帝預敕左右毀瓶罐，太后徒跣趨井，無以汲，遂卒。復欲害東阿，太后曰：汝已殺我任城，不得復殺我東阿。[16]

在《三國志》裏，本來只記有任城王曹彰"朝京都，疾薨於邸"，點到為止，至於曹彰是怎樣死的、原因是甚麼，並沒有詳細説明。可是，這裏卻明明白白講曹彰是死於魏文帝之手，魏文帝還不僅僅是當着他們母親的面，施毒計殺死曹彰，接着還要殺曹植。在這一則傳聞中，曹氏家族也是像袁紹的幾個兒子，最終避免不了兄弟相殘，曹丕幾乎成了一個殺人狂。

而兄弟相殘，最有名的一個故事，見於《文學》篇：

> 文帝嘗令東阿作詩，不成者行大法。應聲便為詩曰："煮豆持作羹，漉菽以為汁。其在釜下燃，豆在釜中泣。本自同根生，相煎何太急。"帝深有慚色。[17]

在這個故事裏，曹丕和曹植兩個人之間的衝突，已經是公開的，毫不遮掩。

從上述傳聞中可以看到，兩晉以後，魏文帝的形象變得越來越猥瑣、兇殘，失去人性，為了一己權力和滿足權力下的慾望，不惜對任何人施加迫害，毫無底線。也正是在如此強權但是惡行累累的魏文帝對照之下，曹植、卞太后以及甄后，都愈發顯得無辜、楚楚可憐，而使人同情。

在南朝梁陳時徐陵編的詩集《玉台新詠》裏，有署名"甄皇后"的一首《塘上行》，是以女性口吻，訴說自己因為遭人誹謗，而被丈夫遺棄的悲傷：

> 蒲生我池中，其葉何離離。
> 傍能行仁義，莫若妾自知。

眾口鑠黃金，使君生別離。

念君去我時，獨愁常苦悲。

想見君顏色，感結傷心脾。

念君常苦悲，夜夜不能寐。

莫以豪賢故，棄捐素所愛。

莫以魚肉賤，棄絕蔥與薤。

莫以麻枲賤，棄絕菅與蒯。

出亦復苦愁，入亦復苦愁。

邊地多悲風，樹木何修修。

從君致獨樂，延年壽千秋。[18]

　　這首清調曲，據說在魏晉時很受歡迎，經常被拿來演奏，有人認為是曹操的作品，但大多數人都相信《玉台新詠》的署名，不懷疑它是甄后臨終時所作[19]。因為它的確像是一段內心獨白，而與甄后的遭遇吻合，恰好構成這個時期人們想像中的甄后的內在心理，從而使甄后的形象，由外及內變得很完整。

四

不過即便如此，在現有的魏晉南北朝文獻中，仍然看不到甄后與曹植有過甚麼交集，根據歷史記載，很難解釋為甚麼後人要將洛神指認為甄后。

當然，曹植曾經是曹丕在政治上的一個競爭對手，他少年時，一度被曹操視為"兒中最可定大事"者[20]，但是錯失良機，因為他遠不如他哥哥曹丕成熟，能"御之以術，矯情自飾"，從而得到"宮人左右"的支持，於建安二十二年獲立太子，最終成為接班人。而從此以後，曹植日益被排除在政治權力的中心之外，從魏文帝到魏明帝時代，一直都遠離洛陽，"十一年中而三徙都"，顛沛流離，空有抱負和熱情，可是沒有任何施展的機會[21]，成了實際政治中的一個局外人。

因此，在與魏文帝曹丕的關係中，曹植可以説是一個政治上的失敗者，而甄后又何嘗不是？

儘管歷史從來記載的都是勝利者的歷史，但是看歷史的人，卻往往對失敗者抱有巨大的同情。隨着漢末魏初的那一段歷史日漸遙遠，曹丕、曹植、甄后等歷史人物的形象都發生了變化，人物關係也都有所改變。曹植和甄后，這兩個在與魏文帝曹丕的關係中命運相似的人，就這樣被牽連在一起，由後來的"好事者"想像他們曾經相濡以沫，製造出他們兩人的愛情、悲情。而這種想像和製造，就變成了解讀《洛神賦》的鑰匙。

圖8　（傳）東晉顧愷之《女史箴圖》（局部）

註釋

1 見王應麟《困學紀聞》卷十七（上海古籍出版社 2015 年）："李善精於《文選》，為註解，因以講授，謂之'文選學'。少陵有詩云'續兒誦《文選》'，又訓其子'精熟《文選》理'，蓋選學自成一家……故曰'《文選》爛，秀才半'。熙、豐之後，士以穿鑿談經，而選學廢矣。"

2 唐代"文選學"興，李善以前，梁鄱陽王蕭恢的孫子蕭該，在梁亡後至長安，隋開皇初拜國子博士，撰有《漢書音義》《文選音義》（《隋書・經籍志》著錄《文選音》三卷），"咸為當時所貴"（《北史》卷八二《蕭該傳》、《隋書》卷七五《儒林・蕭該傳》）。唐代初年，曹憲也撰有"音義"，據說江淮之地讀《文選》的人，都以他為依據，以後許淹、李善、公孫羅相繼教授，其學大興。李善註《文選》，現存尚有敦煌唐抄本，唐末李匡乂《資暇集》說："世傳數本李氏《文選》，有初註成者，復註者，有三註、四註者，當時旋被傳寫之。其絕筆之本，皆釋音訓義，註解甚多"。據李善《上文選註表》，他完成六十卷的註本是在唐高宗顯慶三年（658）九月十七日，"詔藏於秘閣"。

3 見《文選》上冊，269 頁，中華書局影印胡克家重雕南宋尤袤本。但據考證，此非李善所引，而是尤袤本添加進去的。參見小尾郊一、富永一登、衣川賢次編《文選李善註引書考證》（上冊）："梁氏（按，指梁章鉅《文選旁證》）云：何曰：《魏志》無子建求甄逸女事。胡氏（按，指胡克家《文選考異》）云此二百七字，袁本、茶陵本無，二本是也。此因世傳小說有《感甄記》，或載於簡中，而尤延之誤取之耳，蓋實非善註。"（194 頁，研文出版 1992 年）

4 《劉克莊集箋校》卷一七三《詩話》二十，中華書局 2011 年。

5 盧弼《三國志集解》卷十九《陳思王傳》，上海古籍出版社 2009 年。

6 繆鉞《"文選"賦箋》，《中外學者文選學論集（上）》95 頁，中華書局 1998 年。

7　明代沈春輯《盛明雜劇初集》卷四，《續編四庫全書》一七六四《集部戲劇類》一百，上海古籍出版社。

8　見《三國志》卷五《魏書·后妃傳》。參見《晉書》卷九《禮》上："文帝甄皇后賜死，故不列廟。明帝即位，有司奏請追謚曰文昭皇后，使司空王朗持節奉策告祠於陵。三公又奏曰：'自古周人歸祖后稷，又特立廟以祀姜嫄。今文昭皇后之於後嗣，聖德至化，豈有量哉！夫以皇家世妃之尊，神靈遷化，而無寢廟以承享祀，非以報顯德，昭孝敬也。稽之古制，宜依周禮，別立寢廟。'奏可。太和元年二月，立廟於鄴。四月，洛邑初營宗廟，掘地得玉璽，方一寸九分，其文曰'天子羨思慈親'。明帝為之改容，以太牢告廟。至景初元年十二月己未，有司又奏文昭皇后立廟京師，永傳享祀，樂舞與祖廟同，廢鄴廟。"

9　《三國志》卷二九《方技傳》。

10　魚豢《典略》，引自《三國志》卷五《魏志·后妃·甄后傳》裴註。

11　魚豢《典略》，引自《三國志》卷二一《王粲傳》註。參見《世說新語》引魚豢《典略》："建安十六年，世子為五官中郎將，妙選文學，使（劉）楨隨侍太子。酒酣坐歡，乃使夫人甄氏出拜，坐上客多伏，而楨獨平視。他日公聞，乃收楨，減死輸作部。"（《世說新語箋疏》915頁、70頁）。

12　習鑿齒《漢晉春秋》，引自《三國志·魏書·后妃·文德郭皇后傳》裴註。

13　《魏朱傳》，引自《三國志·魏志·明帝紀》。

14　《世說新語箋疏》917頁。

15　《世說新語箋疏》689頁。

16　《世說新語箋疏》895頁。

17　《世說新語箋疏》244頁。

18 甄皇后《塘上行》，引自《玉台新詠箋註》卷二，並見《樂府詩集》卷三十五《相和歌辭十》。

19 參見黃節《漢魏樂府風箋》卷十一，中華書局 2008 年。

20 《魏武故事》，見《三國志》卷十九《魏書‧陳思王傳》註。

21 《三國志‧陳思王傳》。

《洛神賦》變形記

——永恆的神女與沉淪的冤妃

交接之大綱　恨人神之道殊　怨盛年

之莫當　抗羅袂以掩涕兮　淚流襟

之浪浪　無激冰以效愛兮　獻江南之

明璫　雖潛處於太陰　長寄心於君

王　忽不悟其所舍　悵神宵而蔽光

於是背下陵高之住神猶遺情想

像形窅悵悵冥　靈體之復形　御

一

當《洛神賦》從一個來源複雜但是超越了現實的文學作品，被解讀成一個與曹植、甄后有關的歷史故事，賦中的君王被指認為曹植，而洛靈也被當成甄后，在漫長的傳說和辭賦寫作中構建出來的人物，被貼上了歷史標籤，與真實的歷史人物畫等號，文學就變成了歷史。《洛神賦》正是在以辭賦、書法、繪畫等形式廣泛傳播的過程中，這樣地被解讀成了歷史，然後成了三國史敍述的一部分。

而成為歷史敍述的一部分，固然為《洛神賦》增加了"史料價值"，後來的人，從汪道昆到梅蘭芳，在根據《洛神賦》編排《洛水悲》《洛神》等戲時，都是把《洛神賦》寫到的人神相遇的情節，視為曹植本人的一段經歷。直到今天，有很多學者在講解《洛神賦圖》的時候，仍然不自覺地會把畫中的君王稱作"曹植"。這種視文學為歷史的解讀，化虛為實，在漢魏歷史的講述中，也許算是錦上添花，但實際上卻又損害了《洛神賦》的文學性，使得這一本來是在一個神女的文學傳統中形成的故事而又容納了多聲部的複調的敍説，變得凝固和單一化。《洛神賦》的來歷複雜、線索錯綜，破綻百出而又生機勃勃，原本能給讀者帶來巨大的想像空間，卻因為這一歷史化，成為板上釘釘的唯一事實，這一空間也就被大大地壓縮。

當然，神女的傳說總是令人心馳神往，不會就此終結，除了李善註所引《記》對《洛神賦》的解釋，由此還可以看到另類的與“洛神”有關的故事的存在。

二

第一個故事，是見於東晉學者干寶《搜神記》裏的"天上玉女"[1]。

故事發生在嘉平（249—254）年間，故事的主角玄超，是濟北國從事掾。玄超夜裏夢到"天上玉女"，說自己叫成公知瓊，父母都已經去世，天帝哀憐她，"遣令下嫁"。過了三四日，在一個大白天，成公知瓊穿着綾羅綺繡，"駕輜軿車"，"狀若飛仙"地果然出現在玄超面前，還帶了八個婢女。她自稱 70 歲，可是看着像個十幾歲的少女。她隨身帶了很多美酒珍肴，拿出來與玄超共飲食，並且告訴他，自己受天帝之遣下嫁，對他"不能有益，亦不能為損"，可與他共享輕車肥馬、遠味異膳，但是不能生育，"然我神人，不為君生子"。成公知瓊沒有"妒忌之性"，又會作詩，寫下"神仙豈虛感，應運來相之"的詩句，共"二百餘言相贈"，還將自己所註《易經》送給玄超，玄超看了以後，居然也能用它來算卦。

如此好日子，過了七八年，玄超也有了自己的妻子，而成公知瓊還是夜來晨往，倏忽若飛，人們都只聞其聲不見其人。於是有人向玄超打聽，玄超經不住質問，泄露了秘密，成公知瓊便來做最後的告別，說："我神人也，雖與君交，不願人知，而君性疏漏，我今本末已露，不復與君通接。積年交結，恩義不輕，一旦分別，豈不愴恨！勢不得不爾，各自努力。"玄超無奈，眼看她離去，難過不已。

五年後，玄超出使洛陽。他走到魚山下，遠遠地就看見前面有車馬，好像是成公知瓊，趕上前去一看，果不其然。兩個人"披帷相見，悲喜交切"，便一同抵洛陽，和好如初，直到西晉太康（280—289）年間，兩個人都還健在，不過是三月三、五月五、七月七、九月九和正月十五這幾個日子，他們才見面。

這個故事最初發生在嘉平年間，這是魏明帝後面齊王曹芳的年號，可見故事發生時，距離曹植去世還不太遠。故事發生在今天山東泰安附近的濟北國，大概在這段時間裏，正好是曹植的兒子曹志為濟北王，對於熟悉這段歷史的人來說，很可以想像故事的主人公玄超就是在曹志手下做事。而後來玄超在魚山同玉女重逢，魚山也恰是曹植墓的所在。所以，整個故事從頭到尾並沒有提到曹植，但那些時間、地點和主人公身份的交待，又好像隱隱約約提示着曹植的存在。

當然，天上玉女是所謂"神人"，她知書達禮，讓玄超享受到戀愛的甜蜜，也彷彿《洛神賦》中的洛靈。但與洛靈不同的是，在她身上有更多普通人向往的美德，比如，她能帶來豐富的物質，她還不嫉妒，因此，她和玄超在一起的生活穩定又實在，即使分別了幾年，仍然能重歸於好，不會叫人神傷。

這個故事藉用了《洛神賦》作背景，然而故事的發展，卻是與《洛神賦》完全不同的方向，它現實、圓滿的基調，也和《洛神賦》的浪漫而又憂傷截然不同。這是神女文學朝着樸實、民間的風格做出的新發展。

圖9-1　唐周昉《揮扇仕女圖》（局部一）

圖9-2　唐周昉《揮扇仕女圖》（局部二）

三

第二個故事，是見於唐代段成式所編《酉陽雜俎》裏的《妒婦津》。

這個故事發生在西晉泰始（265—274）年間。有一個叫劉伯玉的人，很喜歡在家朗讀《洛神賦》，讀完後又總是發感慨，說："娶婦得如此，吾無憾焉！"他的意思當然是指如果能娶上洛神，那麼婚姻就完美了。但是，劉伯玉的妻子脾氣很大，嫉妒心特別強，她聽丈夫唸了《洛神賦》，接着在那兒歎氣，以為他是愛上了一個水神，便怒氣沖沖地說："你何以得水神美而欲輕視我，我死，何愁不為水神？"等到天黑下來，劉伯玉的妻子就跳了河，七天後，又託夢給丈夫，說自己已經變成了水神。劉伯玉怕她怕得要命，不願意再被她脅迫，從此不敢渡河。而她跳河的地方，也就被人當笑話稱作了"妒婦津"[2]。

這是一個關於《洛神賦》讀者的故事。西晉初年的讀者劉伯玉，還沒有在《洛神賦》中讀出曹植與甄后，他只是沉浸在賦的描寫中，被帶入了戀愛的情境。可是，他的妻子並不懂丈夫的心情，不了解文學不等於現實，因此而有魯莽之舉。

這個故事，一方面說明《洛神賦》的確寫得好，能引人入勝、以假亂真，另一方面也瓦解了對《洛神賦》任何經典化的、歷史化的詮釋，使它變成了一個離經叛道的文學作品，而帶有民間式的諧謔風格。

《妒婦津》流傳很廣，明代有一個叫許自昌的人，編有一本《捧腹集》，專門收入"解頤捧腹之事、恍忽詭異之語"，其中也收了這一則"妒婦津"，他還評論道："請妒婦悉為水神如何？"[3]而明末的周楫編寫平話小說《西湖二集》，其中一篇《寄梅花鬼鬧西閣》講到女性的妒忌和爭寵，也還是引"妒婦津"，並且添油加醋地說：打那以後，每當有漂亮女子從渡口過河，化為水神的劉伯玉妻子必要興風作浪，拚命阻攔，因此當時流行有一句話說是"欲求好婦，立在津口。婦人水傍，好醜自彰。"[4]

四

　　第三個故事，是見於晚唐裴鉶撰《傳奇》中的一篇，題目為《蕭曠》[5]。

　　這篇傳奇寫的是唐文宗太和年間（827—835），處士蕭曠離開洛陽，向東漫遊，晚上住在雙美亭。他在彈琴的時候，就聽到洛水上有歎息的聲音，聲音越來越近，到面前一看，原來是個美人，自稱"洛浦神女"。神女説："昔陳思王有賦，子不憶耶？"蕭曠知道她講的是《洛神賦》，便問道："或聞洛神即甄皇后"，甄后死，陳思王在洛水之濱與她的魂魄相遇，由此寫了《感甄賦》，後感到不妥，改名《洛神賦》，假託宓妃之名，是否有此事？神女回答："妾即甄后也"。文帝因為我愛慕陳思王才情出眾，將我折磨至死，而後"精魄"於洛水之上遇見陳思王，告訴他我所受冤屈，所以他寫下《洛神賦》。神女當即與蕭曠飲酒彈琴，又問蕭曠對"陳思王《洛神賦》"有何評價，蕭曠連聲稱讚："真體物瀏亮，為昭明之精選爾！"而神女卻不以為然，説："狀妾之舉止，云'翩若驚鴻，婉若遊龍'，得無疏矣？"嫌《洛神賦》描寫她的形象不夠細緻。

這時，蕭曠忽然想起問她曹植的下落，神女説他現在是"遮須國王"。遮須國，是傳説中的一個國。

與神女一番交談之後，洛浦龍王的女兒織綃娘子又被引了來，於是蕭曠又同她談到"柳毅靈姻之事"，待問明白柳毅的情況後，他不禁感慨"遇二仙娥於此，真所謂雙美亭也"。等到雞叫天明，與二仙娥互相贈詩道別。洛浦神女送給蕭曠明珠、翠羽，説："此乃陳思王賦云'或採明珠，或拾翠羽'，故有斯贈，以成《洛神賦》之詠也。"而織綃龍女則是贈他輕綃。

這一篇《蕭曠》，與《文選》李善註所引《記》相同的地方，在於它們都是講《洛神賦》原名《感甄賦》，是曹植為死去的甄后而寫，也就是將文學附會於歷史。不過，《蕭曠》更進一步發揮説曹丕之所以賜死甄后，就是因為甄后仰慕曹植，而《感甄賦》的改名，也是為了掩蓋這段戀情。為了證明這個説法的可靠，它還讓洛浦神女亦即甄后從歷史中走出來，親自現身，來做介紹和評論，使《洛神賦》融入了唐朝式的當代生活。

五

　　第四個故事，見於清代蒲松齡寫的小説《聊齋誌異》。在關於甄后或洛神的傳説故事中，甄后的形象大多是美好而讓人憐惜的，是男子心目中的佳偶，可是在蒲松齡寫的《甄后》裏，這一形象卻是不同[6]。

　　小説寫一個名叫劉仲堪的洛陽書生，終日閉門苦讀，不通世事。有一天，突然有美人到訪，自稱舊相識，於是兩人相對飲酒，談古論今，到了晚上，又"息燭解襦，曲盡歡好"。第二天，劉仲堪追問美人的名字，她才説："妾，甄氏，君，公干後身"，當初你劉楨因為我獲罪，我心中不忍，來報答你對我的一片癡情。劉仲堪聽她這一番話，忙問魏文帝在何處？她答道：曹丕不過是老賊曹操很平庸的一個兒子，我跟他在一起享受了幾年富貴生活，那以後不再記掛他。他因為曹操的緣故，一直深藏幽冥之地，早已不為人知，反倒是陳思王曹植在管理書籍，有時候還見到。

　　經過這一晚，劉仲堪"文思大進"，只是思念美人，幾個月便瘦了很多。他把自己的秘密講給老嫗聽，老嫗説可代為傳書，深夜老嫗便帶了美人書信回來，信中説："當即送一佳婦去"，並囑咐他絕不能泄露。第二天，果然有人帶來"容色絕世"的一個女郎，自稱姓陳，對劉仲堪母親說願意來做劉家媳婦，而私下裏則告訴劉仲堪說自己是"銅雀故妓"，也不是鬼，本來與甄后都已成仙人，但偶因過錯被貶謫人間，甄后現期滿復位，她尚未到期。

過了些日子，有個盲人婦女上門乞討，牽着一條黃狗，陳氏剛剛打開門，立刻被黃狗狂追，裙子都撕咬破了。劉仲堪拿起棍子打狗，回房看見陳氏驚魂未定，便問她"何乃畏犬"？陳氏説：你不知道狗是曹操變的，"犬乃老瞞所化，蓋怒妾不守分香戒也"。這樣，又過了兩年，因為周圍的人都只見陳氏貌美，可是不知她的來歷，開始懷疑她是人還是妖，議論紛紛。劉仲堪母親也反覆質問，劉仲堪不得已透露了一點實情，把他母親嚇得夠嗆，請了術士來做法。當時在院子裏點起柴火，瞬間煙霧瀰漫，可是等到火滅煙消，只見術士七竅流血地死去，陳氏也不知所蹤。劉仲堪這才恍然大悟，對他母親説："嫗蓋狐也。"

蒲松齡寫這篇小説，他交待自己的本意是要譴責甄后的"始於袁，終於曹，而後注意於公干"，絕非"貞婦"，不過他又説"奸瞞之纂子，何必有貞婦哉"，意思是這樣的甄后，正好與纂奪漢家皇權的曹丕匹配。他是基於這樣的想法而利用各種傳聞，編寫出這麼個荒誕不經的故事，不僅寫甄后、曹丕，還將劉楨、曹操以及與曹操有關的銅雀妓都牽扯其中，這是關於甄后的一個最離奇的故事，有強烈的道德感，但是也很狹隘，所以儘管蒲松齡有名，而這篇《甄后》卻很少為人提及。

註釋

1　干寶《搜神記》，據李劍國《唐前誌怪小説輯釋》引，221—223 頁，上海古籍出版社 1986 年。

2　《妒婦津》，據段成式《酉陽雜俎前集》卷十四《諾皋記》，中華書局 1981 年。

3　見許自昌輯《捧腹集》卷五，許元恭校，明萬曆刻本。

4　周楫《西湖二集》卷十一，華夏出版社據明崇禎刊本排印 2013 年。

5　《蕭曠》，引自《太平廣記》卷三一一，中華書局點校本。

6　蒲松齡《甄后》，引自《聊齋誌異會校會註會評本》卷七，上海古籍出版社 1978 年。

結語

——文學研究範式需要一再突破

　　寫這本小冊子，緣於我最初讀到《洛神賦》時產生的困惑。作為中古文學的一個經典，《洛神賦》的文章之美，一讀之下，便能感受。賦中的許多詞句，如"翩若驚鴻，婉若遊龍"，如"肩若削成，腰如約素"，如"明眸善睞"、"氣若幽蘭"，都還保留在現代漢語裏，為日常所用，這也可見它的影響力之持久。但是，如果要問到這篇賦的寓意，大概自唐宋以來，就有了意見分歧。從《文選》所載《洛神賦》的《序》看，這篇賦的寫作，應該是本於宓妃的傳說和宋玉賦的傳統，而《文選》將它和宋玉賦歸在同一卷，說明南朝時代的人也就是抱着這樣的理解。不過從唐代李善註《文選》引了一篇無名氏的《記》開始，認為它是曹植為紀念甄后而寫的"感甄說"就日漸流行，後來又有了反對"感甄說"的"思君說"。於是，關於這篇文辭華美的賦到底講的是甚麼，就成了一個需要辨析討論的問題。

　　熟悉學術史的人都知道，20世紀前半期，在歷史研究中，有一個"古史辨"學派出來打破了"古史的神話"，這個神話就是將傳說當成真歷史，而在文學研究中，也有從胡適一系列古典小說研究開始的打破"索隱式"的文學解讀。甚麼叫索隱式解讀？按照蔡元培在《紅樓夢》評論中所做總結，就是在讀《紅樓夢》時，要依靠"品性相類"、"軼事有徵"和"姓名相關"這幾點，去推求小說"寄託的人物"，換句話說，就是要琢磨出小說裏的這個人物那個人物，他們都是影射現實中的誰。而胡適稱這樣的研究是"附會的紅學"，也根本不可靠。他説，比如你要看《儒林外史》，應該先去了解吳敬梓的生平，知道他寫這部小說，正是在八股氣焰大盛的年代，就能明白他的針對性。胡適為此編了一部《吳敬梓年譜》。在《〈紅樓夢〉考證》中，他又提出要從小說的著者、時代、版本等可考的部分入手，將"歷史的附會"變成"歷史的考證"。正是在這一新的文學研究方式影響下，從事中古文學研究的沈達材才發表了他對於《洛神賦》的考證，説明《洛神賦》只不過是一個普普通通的文學作品，並沒有人物原型，也沒有甚麼秘而不能宣的深意。

　　但遺憾的是，沈達材的考證並未能收到一錘定音之效，事後來分析它的原因，自然，首先是因為"感甄説"的歷史很長，在人們的記憶中，幾乎是與《洛神賦》並存，不是那麼容易能將它們切割開來。其次是因為沈達材的考證，雖然將《洛神賦》還原成了建安時期"神女文學"寫作潮流中的一個作品，是之一而不是唯一，但他並沒有指出這些神女文學的創作，究竟要傳達甚麼，尤其當曹植寫這篇賦時，他是在想甚麼？沈達材沒能提出一個替代性的新的解釋，這就給"感甄說"留下了市場。

當我開始研究《洛神賦》的時候，對它的接受史、研究史了解得越多，就越感覺到要真正進入《洛神賦》文本，分析曹植寫這篇賦的寓意，勢必要先將"感甄說"從它身上剝離、瓦解，而解構"感甄說"的最好方法，又莫過於看它是怎麼附會到《洛神賦》上去的。

二

　　與一般的中古詩文不同，《洛神賦》既是古典的又是現代的，今天我們除了在《文選》或《曹子建文集》中讀到它，還能看到許許多多以"洛神"為題材的書法、繪畫、歌舞、戲劇、電影，簡直是無處不在、層出不窮。這在中國文學中當然是一個非常特殊的現象，不過它也提醒了我們，研究中古文學，是不能侷限在狹義的"文學"裏面，應該既要看到《洛神賦》與傳說、歷史的聯繫，還要看到它是靠着不同材質的媒體在傳播。

　　在與《洛神賦》相關的研究中，近一二十年，真正有所突破的是藝術史領域。我可以舉出石守謙的《〈洛神賦圖〉：一個傳統的形塑與發展》(2007) 一文作為代表，在這篇文章中他告訴我們，經過王獻之的書寫和顧愷之的繪畫，到了十二世紀的宋代，對當時人來説，《洛神賦》就已經不僅僅是一篇賦，也是書法、繪畫中的典範，它們共同構成了《洛神賦》的一個新傳統。這就是説在分析《洛神賦》的時候，應該是要將文學文本和書法、繪畫放在一起去討論。

藝術史家自有他們解讀文本、繪畫的辦法，過去俞劍華寫有《〈洛神賦圖卷〉的內容、畫法及時代》(《顧愷之研究資料》1962)，就是以文字記錄他對《洛神賦圖》的解說，並以之與《洛神賦》相對照，加以分析，而將這一點做到極致的是陳葆真，她最近還出版了《〈洛神賦圖〉與中國古代故事畫》(2012)厚厚的一大本書，裏面有相當精細的分析。不過，在稍早的《從遼寧本〈洛神賦圖〉看圖像轉譯文本的問題》(2007)一文中，她就指出了《洛神賦》之美，在於它的辭藻、意象、韻律構成了一種特殊的音樂性，而當賦與圖像結合，組成一幕幕圖文並茂的故事圖卷時，整個《洛神賦圖》就變成了一幅歌舞劇。我讀她這篇文章，儘管對她分析《洛神賦》有一點保留，但是，卻在她關於《洛神賦圖》是怎樣用直譯、隱喻、暗示、象徵等方法表現賦的文字意象和韻律節奏的論述中，特別是在她用的"轉譯"這個概念中，受到啟發，注意到繪畫在圖寫文學的時候，不可能是一對一的傳真、複製，繪畫和文學究竟是有差別的，因此當我們研究《洛神賦》，而從接受史、詮釋史的角度去比較《洛神賦》與《洛神賦圖》時，看清楚圖忠實於賦的部分固然重要，可更重要的，還是要知道圖在轉寫賦的時候，到底增加了那些信息、遺漏了哪些信息，又為甚麼會有這樣的增加或遺漏。

正是帶着這樣的一個觀念，在考察《洛神賦》之被接受的歷史中，我才發現"感甄説"的出現，恰好是因為《洛神賦》被繪製成了《洛神賦圖》，在賦轉為圖的過程中，由畫家之手，創造了一個在賦裏面本來是無形的"余"即君王的形象。《洛神賦》是第一人稱作品，"余"它本來只描繪了一個形象，就是洛神，"余"是不顯示的，但是變成圖以後，"余"就成了一個實體而與洛神同在，"余"和"她"的故事，也就成了"他"和"她"的故事。可以想像當中古時期的讀者在看了這樣的圖以後，再回來讀《洛神賦》，自然就會將這個有模有樣的君王帶入賦中，而聯想到曹植就是在寫這樣的"他"和"她"的故事，這是文學附會歷史的開始。當然，還要經過對歷史的攀附、整合、發酵，捕風捉影，最後才能在"他"和"她"身上寫下曹植和甄后的名字，可是，《洛神賦圖》已經提供了這種想像和穿鑿的基礎。

在傳統的中國藝術批評史中，一向有"詩畫同源"的説法，但是，錢鍾書寫過一篇《中國詩與中國畫》(《舊文四篇》)的文章，他是挑出了很多在詩與畫的評論中持不同標準的例子，來説明中國人在評論畫的時候，往往賞識"虛"，而評論詩的時候，又往往講究"實"，因此，他主張對這個"詩畫同源"説，也需要重新檢討。我時常想起錢鍾書的這篇"舊文"，希望在研究文學史而藉鑒藝術史的時候，也能夠一直有他那樣的敏銳，始終注意到文學和繪畫的差別，尊重它們作為材質不同的媒介，其實各有自己的特性，是一對一的關係，不是一等於一。只有清楚地看到這一點，才能在做跨領域的研究時，得到一加一等於二甚至大於二的結果。

對《洛神賦》之所以被附會上"感甄說"，也是要經過這樣的考察，順藤摸瓜，才能看明白它的成因。而看明白成因，自然也就解構了"感甄說"。

三

　　解構了"感甄說"，就要回到《洛神賦》本身，還是要來看這篇賦的寓意，就是當曹植寫作的時候，他究竟想要表達甚麼。

　　首先，要做"歷史的考證"，要看《洛神賦》寫作的時代、大環境，還要看曹植個人的處境和他當時的心情，這篇賦雖然是一個寓言式的作品，不過也是它時代的產物，是曹植吐露心聲的作品。其次，要根據《洛神賦序》提供的線索，看它與過去的宓妃傳說，與之前的宋玉賦有甚麼樣的聯繫，這是一種對於文學傳統的"歷史的考證"，由此可以知道曹植在寫這篇賦的時候，有哪些是繼承前人，又有哪些是他別出心裁，他的用心之處在甚麼地方。最後，也是最重要的，是要對《洛神賦》文本做詳盡的分析。《洛神賦》不足千字，可是它的容量非常大，既有時代的痕跡，又有屬於曹植個人的感受，有他對前人的模仿，還有他自己的創造。要知道曹植用如此絢爛、繁花似錦的賦的語言，講一個與洛神邂逅的故事，到底是為了說明甚麼，就必須要將這些內容一點一點地拆分，還要從語言的變化上去分析賦的結構。

我在很多年前，通過中文翻譯讀了一點蘇聯學者巴赫金的書，印象最深的，是他在研究陀思妥耶夫斯基小説時提出的一個理論。據巴赫金説，陀思妥耶夫斯基的長篇小説有一個特點，就是裏面往往包含着許多各自獨立、不相通融的聲音，這些聲音也並不受作者統一控制，有時小説中人物的話語、意識，同作者是平起平坐的。根據這一觀察，他將陀思妥耶夫斯基的這些小説，稱作"複調小説"，用他自己的話説，就是"眾多獨立而互不融合的聲音和意識紛呈，由許多各有充分價值的聲音（聲部）組成真正的複調 —— 這確實是陀思妥耶夫斯基小説的一個基本特點"（佟景韓譯《巴赫金文論選》，1996）。而這一"複調小説"的價值，是在於它打破了獨白型歐洲小説的形式，建立起了複調的世界。

歷史上的許多偉大作品，我想都像巴赫金説的這種陀思妥耶夫斯基小説，有一種打破舊的文學形式的力量，而這個力量正是由它內部存在的矛盾衝突、劍拔弩張構成，唯有這種激烈衝突產生的能量才能打破舊形式。在戰國以來有關宓妃的傳説以及神女賦的寫作傳統中，《洛神賦》就是這樣一個打破舊形式、建立新典範的作品，藉用巴赫金"複調小説"的理論，也可以説，一方面因為它是在一個漫長而又複雜的傳統之下寫出來的，所以它裏面包含了極為豐富的傳説和文學的內容，而另一方面，它又是在漢魏更替這樣一個時代轉變中所寫，曹植個人也經歷了相當的挫折，因此它裏面又包含了時代的動盪與曹植內心的波瀾，這些豐富、複雜的元素，就構成了《洛神賦》裏面彼此錯落、高低不同的聲調。於此，也可以說《洛神賦》是複調的、混沌的。

但儘管《洛神賦》是複調的，也是複雜的，當曹植用他無與倫比的才華鋪陳描寫這一段邂逅洛神的故事時，他自己的思想還是很清晰的。在魏文帝登基後的那樣一個歷史時期，通過耳聞目睹、親身經歷，對於新建立的魏王朝，他已經有了認識和判斷，並隨之做了自我定位。他給自己的定位，就是要"守禮"。邂逅洛神而能自我克制，便是守禮，這就是他寫作《洛神賦》，要向包括魏文帝在內的讀者表達的心聲。

守禮，是這篇賦的寓意，但這個沉悶壓抑的主題，卻是用縱情奔放的筆法鋪敘出來，形成的張力，便是文學的魅力。

2020 年 9 月 8 日寫定於滬上隔離中

附錄一　人物表

序　言

梅蘭芳	1894—1961
姜妙香	1890—1972
曹　植	192—232
甄　后	183—221
曹　丕	187—226
梁啟超	1873—1929
泰戈爾	1861—1941
莊士敦	1874—1938
溥　儀	1906—1967（1909—1911 在位）
胡　適	1891—1962
林長民	1876—1925
齊如山	1875—1962
樊增祥	1846—1931
張　謇	1853—1926
黃　侃	1886—1935

沈達材	1903—1972
舒遠隆	生卒不詳
黃秋同	1910—1984
詹　鍈	1916—1998
許世瑛	1910—1972
楊　騊	生卒不詳
逯欽立	1910—1973
繆　鉞	1904—1995
吳祖光	1917—2003

第一章

漢獻帝	181—234（189—220 在位）
漢光武帝	前 6—57（25—57 年在位）
劉　備	161—223（221—223 在位）
孫　權	182—252（229—252 在位）
公孫恭	（生卒不詳，漢魏間人）
孫　姬	（生卒不詳，曹操妃）
魏明帝	204—239
曹　霖	?—251
曹　彰	189—223
清河長公主	（生卒不詳，曹操長女）
卞太后	160—230
楊　俊	?—222

趙飛燕	（生卒不詳，漢成帝皇后）
劉　向	前 77—前 6
漢元帝	前 76—前 33（前 48—前 33 在位）
蕭望之	約前 114—約前 47
顧頡剛	1893—1980
游國恩	1899—1978
周成王	?—前 1021（前 1042—前 1021 在位）
周　公	（生卒不詳，周武王元年—周成王 10 年在位）
召　公	（生卒不詳，周武王時代人）
周平王	?—前 720（前 770—前 720 在位）
漢高祖	前 256—前 195（前 206—前 195 在位）
班　固	32—92
張　衡	78—139
范　曄	398—445
邊　讓	?—193?
伍　舉	（生卒不詳，春秋楚國人）
楚靈王	?—前 529
如　淳	（生卒不詳，三國魏人）
聞一多	1899—1946
蔡　邕	133—192
漢桓帝	132—168（146—167 在位）
王　粲	177—217
阮　瑀	?—212
路　粹	?—214

第三章

唐　勒	（生卒不詳，戰國楚人）
景　差	（生卒不詳，戰國楚人）
孫　洙	1031—1079
崔　述	1740—1816
張惠言	1761—1802
陸侃如	1903—1978
胡念貽	1924—1982
江　淹	444—505
武　丁	?—前 1158
鄭文公	?—前 628
鄭穆公	前 648—前 606（前 628—前 606 在位）
孟僖子	?—前 518

第四章

傅　毅	?—90

第五章

周文王	（生卒不詳，約前 11 世紀人）
虢　仲	（生卒不詳，周文王子）
虢　叔	（生卒不詳，周文王子、虢仲弟）

楊　該　　（生卒不詳，晉人）

陸　厥　　472—499

蕭　繹　　508—554

劉　鑠　　431—453

李嗣真　　?—696

鍾　會　　225—264

鍾　繇　　151—230

張　芝　　?—192

索　靖　　239—303

王羲之　　303—361

王獻之　　344—386

王　曠　　（生卒不詳，晉人）

王　廙　　276—322

王　導　　276—339

陶弘景　　456—536

顏之推　　531—約 597

馬　澄　　（生卒不詳，南朝齊人）

智永禪師　（生卒不詳，陳隋間人）

劉義慶　　403—444

簡文帝　　320—372（371—372 在位）

晉明帝　　299—326（323—326 在位）

王僧虔　　426—485

丘道護　　（生卒不詳，南朝宋人）

羊　欣	370—442
蕭思話	400—455
羊　祜	221—278
黃伯思	1079—1118
趙孟頫	1264—1322
宋徽宗	1082—1135（1100—1125 在位）
宋高宗	1107—1187（1127—1162 在位）
米　芾	1051—1107
賈似道	1213—1275
柳公權	778—865
文徵明	1470—1559
祝允明	1460—1527
董其昌	1555—1636
姜宸英	1628—1699
何紹基	1799—1837
漢靈帝	156—189（168—189 在位）
張　華	232—300
崔　瑗	77—142
崔　寔	約 103—170
張　芝	?—約 192
張　昶	?—206
張　昭	156—236
袁　昂	461—540

第七章

附錄二 引用目錄

一、基本文獻

《詩集傳》，朱熹集註，上海古籍出版社 1958 年第 1 版，1980 年新 1 版。

《春秋左傳註》，楊伯峻編註，中華書局 2016 年。

《楚辭補註》，洪興祖撰，白話文等點校，中華書局 1983 年。

《離騷纂義》，游國恩著，收入《游國恩楚辭論著集》第一卷，游寶諒編，
　　中華書局 2008 年。

《天問纂義》，游國恩著，收入《游國恩楚辭論著集》第二卷，游寶諒編，
　　中華書局 2008 年。

《屈原集校註》，金開誠等著，中華書局 1996 年。

《春秋繁露義證》，蘇輿撰，鍾哲點校，中華書局 1992 年第 1 版，2011
　　年第 6 次印刷。

《銀雀山漢墓竹簡 2》，銀雀山漢墓竹簡整理小組編，文物出版社 2010
　　年。

《漢書》，班固撰，中華書局標點本 1962 年第 1 版，1983 年第 4 次印刷。

《後漢書》，范曄撰，中華書局標點本 1965 年第 1 版，2019 年第 19 次
　　印刷。

《全漢賦校註》，費振剛等校註，廣東教育出版社 2005 年。

《曹植集校註》，曹植著，趙幼文校註，人民文學出版社 1984 年。

《三國志》，陳壽撰，中華書局標點本 1959 年第 1 版，2008 年第 32 次
　　印刷。

《三國志集解》，陳壽撰，裴松之註，盧弼集解，錢劍夫整理，上海古籍
　　出版社 2009 年。

《漢魏樂府風箋》，黃節撰，中華書局 2008 年。

《世說新語箋疏（修訂本）》，劉義慶撰，劉孝標註，余嘉錫箋疏，上海古
　　籍出版社 1996 年。

《宋書》，沈約撰，中華書局標點本 1974 年第 1 版，1984 年第 3 次印刷。

《文心雕龍註》，劉勰撰，范文瀾註，人民文學出版社 1958 年第 1 版，
　　2001 年第 3 次印刷。

《六臣註〈文選〉》，蕭統編，李善、呂延濟等註，中華書局據《四部叢刊》
　　影印涵芬樓藏宋刊本 2012 年。

《文選》，蕭統編，李善註，中華書局影印胡克家重雕南宋尤袤本 1977
　　年第 1 版。

《鍾嶸〈詩品〉箋證稿》，鍾嶸撰，王叔岷箋證，台北"中研院"文哲所
　　1992 年。

《南齊書》，蕭子顯撰，中華書局標點本 1972 年第 1 版，1987 年第 4 次
　　印刷。

《金樓子校箋》，蕭繹撰，許逸民校箋，中華書局 2011 年。

《〈水經注〉校釋》，酈道元撰，陳橋驛校釋，杭州大學出版社 1999 年。

《玉台新詠箋註》，徐陵編，吳兆宜註，程琰刪補，中華書局點校本
　　1985 年。

《顏氏家訓集解》，顏之推撰，王利器集解，中華書局 1983 年。

《梁書》，姚思廉撰，中華書局標點本 1973 年第 1 版，1983 年第 3 次
印刷。

《隋書》，魏徵等撰，中華書局標點本 1973 年第 1 版，1994 年第 3 次
印刷。

《晉書》，房玄齡等撰，中華書局標點本 1974 年第 1 版，1982 年第 2 次
印刷。

《北史》，李延壽撰，中華書局標點本 1974 年第 1 版，1987 年第 3 次
印刷。

《藝文類聚》，歐陽詢撰，汪紹楹校，上海古籍出版社 1965 年第 1 版，
1982 年第 2 次印刷。

《北堂書鈔》，虞世南撰，中國書店據光緒十四年南海孔氏刊本影印
1989 年。

《酉陽雜俎》，段成式撰，方南生點校，中華書局 1981 年。

《歷代名畫記》，張彥遠著，俞劍華註解，上海人民美術出版社 1964 年。

《法書要錄》，張彥遠集，范祥雍點校，黃苗子、啟功參校，人民美術出
版社 2016 年。

《舊唐書》，劉昫等撰，中華書局標點本 1975 年第 1 版，2017 年第 14
次印刷。

《太平御覽》，李昉等撰，中華書局用上海涵芬樓影宋本複製重印 1960
年第 1 版，1985 年第 3 次印刷。

《太平廣記》，李昉等編，中華書局點校本 1961 年第 1 版，1981 年第 3
次印刷。

《唐前誌怪小說輯釋》，李劍國輯釋，上海古籍出版社 1986 年。

《宋拓淳化閣帖》，王著編次，中國書店影印 1988 年

《東觀餘論》，黃伯思撰，《叢書集成初編》，中華書局 1991 年。

《樂府詩集》，郭茂倩編，中華書局整理本 1995 年第 1 版，1996 年第 4
　　次印刷。

《圖畫聞見志》，郭若虛著，俞劍華註釋，上海人民美術出版社 1964 年。

《劉克莊集箋校》，劉克莊著，辛更儒箋校，中華書局 2011 年。

《雲笈七籤》，張君房輯，齊魯書社影印涵芬樓翻明正統道藏本 1988 年。

《困學紀聞》，王應麟撰，樂保羣、田松青校點，上海古籍出版社 2015 年。

《畫鑒》，湯垕撰，馬采標點註譯，鄧以蟄校閱，人民美術出版社 2016 年。

《盛明雜劇初輯》，沈春輯，《續編四庫全書》1764《集部戲劇類》100，
　　上海古籍出版社。

《捧腹集》，許自昌撰，許元恭校，明萬曆刻本。

《西湖二集》，周楫撰，華夏出版社據明崇禎刊本排印 2013 年。

《聊齋誌異會校會註會評本》，蒲松齡撰，張友鶴輯校，上海古籍出版社
　　1978 年。

二、論著

《胡適文存（二集三集）》，胡適著，亞東圖書館 1924、1930 年。

《石頭記索隱》，蔡元培編，上海商務印書館 1926 年。

《曹植與〈洛神賦〉傳説》，沈達材著，上海華通書局 1933 年。

《中國文學史簡編》，陸侃如、馮沅君著，作家出版社 1957 年。

《洛神》，中國戲劇研究院梅蘭芳演出實況錄音記錄整理，涂楚材記譜，
　　音樂出版社 1958 年。

《曹植》，[日]伊藤正文註，岩波書店 1958 年。

《梅蘭芳舞台藝術》，許姬傳、朱家溍編述，中國戲劇出版社 1961 年。

《顧愷之研究資料》，俞劍華、羅尗子、溫肇桐編著，人民美術出版社 1962 年。

《晉王獻之〈洛神賦〉十三行》，歷代碑帖法書選編輯組編，文物出版社 1981 年。

《〈洛神賦〉十三行舊拓四種》，齊魯書社 1981 年。

《舞台生活四十年（第三集）》，梅蘭芳述，許姬傳、朱家溍記，中國戲劇出版社 1981 年。

《王羲之：六朝貴族の世界》，[日]吉川忠夫著，清水書院 1984 年出版，1997 年第 3 次印刷。

《古書畫過眼要錄——晉隋唐五代宋書法》，徐邦達著，湖南美術出版社 1987 年。

《齊如山回憶錄》，齊如山著，寶文堂書店 1989 年。

《文選李善註引書考證》，[日]小尾郊一、富永一登、衣川賢次編，研文出版 1992 年。

《巴赫金文論選》，[俄]M·巴赫金著，佟景韓譯，中國社會科學出版社 1996 年。

《中外學者文選學論集》，鄭州大學古籍所編，中華書局 1998 年。

《魏晉文學史》，徐公持著，人民文學出版社 1999 年。

《秦漢繪畫史》，顧森著，人民美術出版社 2000 年。

《戀人絮語——一個結構主義的文本》，[法]羅蘭·巴特著，汪耀進、武佩榮譯，上海人民出版社 2004 年。

《顧愷之研究》，袁根有等著，民族出版社 2005 年。

《古代中國的歷史與文化》，勞榦著，中華書局 2006 年。

《游國恩楚辭論著集》，游國恩著，中華書局 2008 年。

《東晉文藝綜合研究》，張大可著，山東大學出版社 2009 年。

《中國中古地域觀念之轉變》，金發根著，香港蘭台出版社 2014 年。

《中國美術全集》繪畫編 2《原始社會至南北朝繪畫》，張安治編，人民
    美術出版社 2015 年。

《從遼寧本〈洛神賦圖〉看圖像轉譯文本的問題》，陳葆真著，北京大學
    出版社 2007 年。

三、論文

《跋王獻之〈洛神賦〉十三行》，柳公權，馮銓編《快雪堂法書》第一冊，
    北京日報出版社 1989 年。

《〈洛神賦〉跋》，趙孟頫，任道斌編校《趙孟頫文集》，上海書畫出版社
    2010 年

《重摹宋刻〈洛神賦〉九行跋尾》《跋十三白玉本》，龔自珍，《龔自珍
    全集》第四輯《定盦遺著》，上海人民出版社 1975 年。

《〈洛神賦〉辨》，黃侃，《民國日報》1916 年 9 月 11 日。

《跋〈洛神賦〉》，黃侃，《尚志》第二卷第九號，1919 年 12 月。

《太戈爾號 (上)》，《小說月報》第十四卷第九號，1923 年 9 月 10 日。

《開明之"洛神"》，《順天時報》1923 年 11 月 20 日。

《洛神開演情形》，《大公報》1923 年 11 月 30 日。

《演〈洛神賦〉並序》，樊樊山，《大公報》1923 年 12 月 4 日。

《梅蘭芳最近之兩劇》，《申報》1923 年 12 月 25 日。

《介紹真美的神秘"洛神"》，清波，《時報圖畫週刊》第一八三號，1924 年 1 月 15 日。

《後〈洛神賦〉》，張薔庵，《申報》1924 年 2 月 18、20 日。

《泰戈爾先生講演暫停》，講學社，《晨報》1924 年 5 月 13 日。

《詩聖與名伶：梅蘭芳為泰戈爾演劇》，《順天時報》1924 年 5 月 17 日。

《泰戈爾》，徐志摩，《晨報副鐫》1924 年 5 月 19 日。

《泰戈爾與梅蘭芳之握手》，薔薇，《新聞報》1924 年 5 月 25 日。

《洛神劇本偶談》，蒳坨，《時報》1925 年 1 月 15 日。

《梅蘭芳在美將演之劇目》，傅惜華，《北京畫報》1930 年 1 月 25 日。

《宋玉的〈神女賦〉與曹植的〈洛神賦〉》，舒遠隆，《燕大週刊》1932 年 1 月 28 日。

《天師道與濱海地域之關係》，陳寅恪，《中央研究院歷史研究所集刊》第三本第四分，1933 年，收入《金明館叢稿初編》，上海古籍出版社 1980 年。

《高唐神女傳說之分析》，聞一多，《清華學報》第十卷第四期，1935 年 10 月，收入《聞一多全集 (1)》，生活・讀書・新知三聯書店 1982 年。

《〈洛神賦〉是否感甄后而作》，黃秩同，《廈大校刊》1937 年第一卷。

《中國詩與中國畫》，錢鍾書，國立師範學院編印《國師季刊》1940 年 2 月，收入《舊文四篇》，上海古籍出版社 1979 年。

《伏羲考》，聞一多，昆明《中央日報・史學》72 期，1940 年，收入《聞一多全集 (1)》，生活・讀書・新知三聯書店 1982 年。

《曹植〈洛神賦〉本事考》，詹鍈，《東方雜誌》第三九卷第十六號，1943
　　年 10 月。

《殷人占夢考》《殷代婚姻家族宗法生育制度考》，胡厚宣，收入《甲骨學
　　商史論叢初集》，成都齊魯大學國學研究專刊之一 1944 年、河北教
　　育出版社 2002 年。

《寫在〈洛神賦〉之後》，許世瑛，《藝文雜誌》1944 年第二卷第二期。

《"洛神賦"與甄后 —— 文學史上一個小問題》，楊颺，《申報》1947 年 6
　　月 17 日。

《"文選"賦箋》，繆鉞，《中國文化研究彙刊》第七卷，1947 年。

《〈洛神賦〉與〈閒情賦〉》，逯欽立，《學原》第二卷第八期，1948 年。

《洛神の賦》，目加田誠，原載《文學研究》36 輯（1948 年 3 月），收入
　　《目加田誠著作集》第四卷《中國文學論考》，龍溪書社 1985 年。

《梅蘭芳將攝五彩片，〈洛神〉搬上銀幕》，《玫瑰畫報》1948 年 3 月號。

《宋玉作品的真偽問題》，胡念貽，《文學遺產增刊》一輯，作家出版社
　　1955 年。

《追記太戈爾在中國》（1961 年 2 月 4 日），胡適，《胡適手稿》第九集卷
　　三，台北胡適紀念館 1970 年。

《憶泰戈爾》，梅蘭芳，《人民文學》1961 年第 5 期。

《由王謝墓誌的出土論到〈蘭亭序〉的真偽》，郭沫若，《文物》1965 年第
　　5 期。

《〈莊子〉和〈楚辭〉中崑崙和蓬萊兩個神話系統的融合》，顧頡剛，《中
　　華文史論叢》1979 年第二輯。

《〈山海經〉中的崑崙區》，顧頡剛，《中國社會科學》1982 年第 1 期。

《論〈洛神賦〉》《論〈洛神賦〉對六朝賦壇的投映》，洪順隆，《辭賦論叢》，文津出版社 2000 年。

《論"畫讚"即題畫詩》，周錫馥，《文學遺產》2000 年第 3 期。

《明代後期鑒藏家關於六朝繪畫知識的生成與作用：以"顧愷之"的概念為線索》，尹吉男，《文物》2002 年第 7 期。

《從考古材料看傳顧愷之〈洛神賦圖〉的創作時代》，韋正，《藝術史研究》2005 年，收入鄒清泉主編《顧愷之研究文選》，上海三聯書店 2011 年。

《從遼寧本〈洛神賦圖〉看圖像轉譯文本的問題》，陳葆真，《美術史研究集刊》2007 年，收入鄒清泉主編《顧愷之研究文選》，上海三聯書店 2011 年。

《〈洛神賦圖〉：一個傳統的形塑與發展》，石守謙，《美術史研究集刊》2007 年，收入鄒清泉主編《顧愷之研究文選》，上海三聯書店 2011 年。

本書繁體字版經由商務印書館有限公司授權出版發行

責任編輯：徐昕宇
裝幀設計：麥梓淇
排　　版：周　榮
校　　對：趙會明
印　　務：龍寶祺

洛神賦解讀

作　　者：戴　燕
出　　版：商務印書館（香港）有限公司
　　　　　香港筲箕灣耀興道3號東滙廣場8樓
　　　　　http://www.commercialpress.com.hk
發　　行：香港聯合書刊物流有限公司
　　　　　香港新界荃灣德士古道220–248號荃灣工業中心16樓
印　　刷：中華商務彩色印刷有限公司
　　　　　香港新界大埔汀麗路36號中華商務印刷大廈
版　　次：2022年12月第1版第1次印刷
　　　　　© 2022商務印書館（香港）有限公司
　　　　　ISBN 978 962 07 5921 5
　　　　　Printed in Hong Kong